KB115321

# 도시 마도사 4

네르가시아 장편소설

초판 1쇄 찍은 날 § 2017년  2월 14일
초판 1쇄 펴낸 날 § 2017년  2월 21일

지은이 § 네르가시아
펴낸이 § 서경석

편집책임 § 최지원

펴낸곳 § 도서출판 청어람
등록번호 § 제387-1999-000006호
등록일자 § 1999. 5. 31
어람번호 § 제1-2629호

주소 § 경기도 부천시 부일로 483번길 40 서경B/D 3F (우) 14640
전화 § 032-656-4452  팩스 § 032-656-4453
http://www.chungeoram.com
E-mail § chungeorambook@daum.net

ⓒ 네르가시아, 2016

ISBN 979-11-04-91202-3 04810
ISBN 979-11-04-91082-1 (세트)

# 도시 마도사

④

네르가시아 장편소설

FUSION FANTASTIC STORY

청람
도서출판

# 차례

C O N T E N T S

## 제1장
파열

제주도 남부 지역 포격전 및 사격전이 끝이 났다.

　후두두두둑!

　포격이 끝남과 동시에 폭우가 잦아들고 서서히 이슬비로 변하여 빗발이 잠시 소강상태에 접어들었다.

　저벅저벅.

　11군단 소속 수색대 병력 20명이 격전지를 따라 천천히 수색 작전을 펼치는 중이다.

　―파앗! 여기는 CP, 수색 병력 보고 바람.

　격전지 임시 수색대장 장래현 중위가 무전병의 광대역 무전기의 발신 버튼을 눌렀다.

"여기는 수색대. 현재까지 이상 유무는 발견되지 않고 있다."

—방사능 수치는 어떠한가?

장래현은 태블릿PC에 설치된 방사능 반응 어플을 통하여 주변의 방사능 수치를 측정해 보았다.

몬스터는 살아 있을 때 방사능과 비슷한 물질을 분비물처럼 뿜어내기 때문에 방사능 측정기를 통하여 생사 유무를 확인할 수 있었다.

방사능 수치: 약간 높음

장래현은 기기에 나온 그대로 수치를 읊어 내려갔다.

"방사능 수치는 약간 높은 편이다. 하지만 몬스터의 움직임은 더 이상 보이지 않는다."

—알겠다. 현재 위치에서 제2 수색 구역으로 이동하기 바란다.

"입감."

수화기를 내려놓은 장래현에게 병사들이 물었다.

"대장님, 방사능 수치가 관측되었다는 것은 몬스터가 도처에 도사리고 있을 가능성이 있는 것 아닙니까?"

"원래대로라면 그렇지."

"그럼 잠시 대기 명령을 내려야지 왜 전진 명령을……."

"후방 지휘소가 미친 것 같습니다."

그는 고개를 저었다.

"몬스터의 시신이 내뿜는 시독에서도 방사능이 측정되곤 한다. 이 정도 수치라면 아마도 몬스터 때문은 아닌 것 같고 시신 때문이겠지."

"약간 높음은 수치가 낮은 편입니까?"

"교범에 따르자면 아무리 작은 몬스터라도 수치가 높음이라고 나오는 것이 정상이야."

"으음."

"아무튼 명령을 받았으니 수색을 계속해야 한다. 서쪽 2번 수색 지대로 이동한다."

"예, 알겠습니다."

병사들은 장래현을 따라서 제2번 수색 지대로 이동하였다.


같은 시각, 11군단 예하 81번 OP가 수색대가 지나간 방향에 자리를 잡고 초음파 레이더를 작동시키고 있다.

삐빅, 삐빅.

초음파 레이더는 공중을 포함한 기타 위험지역에 관한 정밀 탐색을 통하여 위험도를 완전히 배제시키는 역할을 해준다.

―제1번 레이더 이상 무.

―제2번 레이더 이상 무.

총 두 대의 레이더가 정밀 탐색을 펼쳤으니 제1번 수색 지대는 안전지역으로 판명되었다.

이제 이곳으로 보병 병력을 투입하여 병력을 전진시키고 그 뒤를 따라서 기갑사단이 투입하여 포병의 진입로까지 확보하게 될 것이다.

OP는 후방 지휘소로 현재 이곳에서 만들어진 데이터를 암호화시켜 전달하였다.

삐비비비빅!

군사용 팩시밀리를 통하여 전달된 데이터는 참모부로 전달되어 작전을 구성하는 데 결정적인 역할을 하게 되었다.

참모부는 보병사단의 투입을 결정하고 이에 대한 승인 요청을 11군단 사령부로 올려 보냈다.

이제 사령부는 일찌감치 정해진 수순에 따라서 작계를 진행시키고 종국에는 11군단 자력으로 상황을 종료시킬 수 있게 될 것이다.

위이잉!

한차례 사이렌이 울리면서 11군단 예하 보병사단에 진군 명령이 하달되었다.

—…각 부대는 정해진 위치로 신속하게 이동하기 바란다. 다시 한 번 알린다.

포격전을 통하여 압도적인 우위를 점하고 난 이후인지라 보병 부대의 사기는 그야말로 하늘을 찌를 듯이 드높았다.

유리한 교전을 지속해 이미 몬스터들의 세력권은 위축될 만큼 위축되었고, 이제는 보병의 화력만으로도 충분히 제압할 수 있다는 확신이 있었기 때문이다.

그들의 확신은 이제 병사들에게 승리에 대한 믿음을 심어주었다.

─여기는 194연대 1대대, 현재 전방에 보이는 몬스터들의 소형 군락을 타격하겠다.

─알겠다.

1대대는 박격포와 유탄 등으로 소형 몬스터의 군락을 단 5분 만에 제압해 버렸다.

퍼엉, 콰앙!

병사들은 군락에서부터 도망치는 고블린들을 보이는 대로 사살하였다.

두두두두두!

끼헤에에엑!

"몬스터를 한 마리도 살려두지 마라!"

"크하하! 다 죽어라!"

승리에 도취된 병사들은 고블린을 보이는 족족 무참히 사살하였다.

전방의 수색대대는 소형 군락의 위치를 보병대대에 실시간으로 전달하고 있기 때문에 이와 같은 전투는 한동안 계속될 것으로 보였다.

이제 병사들은 11군단이 대승을 거두고 전원 포상을 받을 것이라는 희망에 가득 차 있었다.

군법상 몬스터와의 교전에서 승리한 부대에게는 성과에 따라서 포상금과 휴가가 주어지는데 가장 혁혁한 공을 세운 병사에겐 1계급 특진과 함께 진급까지 남은 일수만큼 포상 휴가가 주어진다.

또한 장교나 부사관에게도 1계급 특진과 호봉 수 대폭 증진이 주어지기 때문에 이번 승리는 11군단 전체에게 좋은 기회나 마찬가지인 셈이다.

덕분에 보병사단 전체가 전투에 불이 붙어 한껏 기운차게 전투를 지를 수 있게 되었다.

\*          \*          \*

제주도 남부 몬스터 출몰 지역 안 지하 실험실.

카미엘과 팬텀 일행에게 때아닌 재앙이 닥쳤다.

사사사사사삭!

엄청난 숫자의 곤충형 몬스터가 떼를 지어 팬텀에게 달려들고 있는 것이다.

솔로몬은 무조건 퇴각을 명령하였다.

"퇴각! 퇴각! 전원 퇴각하라!"

그의 눈앞에 펼쳐진 몬스터들의 향연은 도저히 소총으로 어찌해 볼 도리가 없을 정도였다.

이런 상황에 익숙한 카미엘이지만 지금과 같이 협소한 공간에서 몬스터들의 파상 공세를 맞아선 답이 없었다.

다행히도 솔로몬의 능동적인 대처로 팬텀의 인원 대부분이 적당한 타이밍에 퇴각할 수 있었으나 문제는 지금부터였다.

"대장, 무전이 불통인데?!"

"…뭐라?! 광대역 무전기는?!"

광대역 무전기를 가지고 있던 코드명 살모사가 고개를 가로저었다.

"안 돼! 무전기가 먹통이야!"

"제기랄! 도대체 뭐가 어떻게 된 거야?!"

거듭 후퇴를 계속하던 카미엘의 머리 위로 거대한 구체형 몬스터가 빠르게 다가왔다.

스으으으윽!

순간, 카미엘의 양쪽 미간이 사납게 일그러졌다.

지금 그를 따라오고 있는 저 거대한 눈알 모양의 구체형 몬스터는 바로 각종 방해 전파를 쏘아 보내는 종이었다.

"비홀더?!"

"비홀더? 그게 뭔데?"

"확실하진 않지만 저놈 때문에 지금 무전이 먹통이 되었을 겁니다! 저놈은 초음파 비슷한 전파를 주 무기로 쓰는데, 가끔은 전자기기 계통을 망가뜨려 무기를 고철 덩어리로 만들어 버리죠."

"이런 빌어먹을!"

전생의 카미엘은 꽤 많은 숫자의 동료들과 함께 싸웠다. 그중에서 1/3에 달하는 사람들이 기계 마도학을 전공한 마도사들이었고 일부는 소환수를 다루는 소환술사도 있었다.

일반적인 몬스터와의 싸움에선 항상 마도사들이 승리를 거두었지만 유독 비홀더가 참여한 전장에선 처참한 패배를 맛보았다.

놈들은 마도 기계에 전달되는 마도사의 명령 체계를 흩뜨리거나 소환술사들이 내리는 명령을 왜곡되게 전달하는 초음파를 쏘아 보내어 전장을 엉망으로 만들어 버렸다.

때문에 비홀더는 마도사들의 사신이라고 불릴 정도로 전장에서 악명이 높았다.

"하필이면 비홀더가 지금과 같은 시기에 나타나다니!"

"…큰일이군. 이렇게 도망만 다녀선 어쩔 도리가 없는데 말이야. 이 정도 병력이 존재한다는 것은 11군단 본대가 단숨에 밀릴 수도 있다는 소리 아닌가?"

"더군다나 포격전 이후엔 보병 부대가 전진하도록 작계가 짜여 있는데."

"진퇴양난이로군."

만약 지금 이곳에서의 정보가 끊어진다면 11군단은 전멸의 구렁텅이에 빠져들 수도 있었다.

팬텀은 어떻게 해서든 생존율을 높여 한 사람이라도 도망칠 수 있도록 계획을 수정하였다.

"좋아, 이렇게 된 이상 생존 확률이 높은 사람을 밀어주기로 하지."

"어떻게 말입니까?"

"우리 중에서 가장 생존율이 좋은 고스트 한 사람을 환풍구로 올리고 나머지는 그 입구를 수호하는 거지. 그러다가 놈들의 시선이 우리에게 몰리면 우리는 사방으로 흩어져 시선을 분산시키는 것이지."

"한마디로 한 명의 목숨에 모든 것을 걸자는 소리군요."

"이 방법밖에는 없다."

카미엘은 흔쾌히 고개를 끄덕였다.

"좋습니다. 어차피 한 사람이라도 살아가지 못한다면 끝입니다."

"고스트, 잘 부탁한다."

고스트는 상황 판단이 빠른 사람이기에 그들의 작전에 단박에 동의하였다.

"…뒤를 잘 부탁한다."

"우리야말로."

카미엘은 자신이 동원할 수 있는 최대한의 수단을 다 동원해 보기로 했다.

끼릭, 끼릭!

가장 먼저 라바를 소환한 카미엘은 녀석을 진영 맨 뒤에 배치하고 그 앞을 몬스터 본월로 막았다.

"본월!"

쿠그그그그극!

몬스터 본월은 몬스터의 뼈와 힘줄 등을 엮어서 만든 울타리인데, 카미엘은 이것에 티타늄과 강철 등을 더하여 견고함을 업그레이드시켰다.

그는 본월 뒤로 자동 사격 장치인 싸이클러와 중형 공중 전투기인 발키리를 소환하였다.

위이이잉!

두두두두두두!

재장전에 사격까지 알아서 하는 싸이클러와 파이어볼, 아이스스톰을 마구 뿌리며 돌아다니는 발키리의 위력은 현대인으로선 도저히 이해하기가 불가능할 정도였다.

팬텀의 일원은 깜짝 놀라며 그 광경을 바라보았다.

"이, 이게 다 뭐야?!"

"설명은 나중에 듣고 사격이나 하시죠!"

"그러지!"

본윌 뒤로 엄폐한 팬텀의 일원들이 사격을 시작하자, 라바가 거대한 한 방으로 몬스터들의 일선을 정리해 버렸다.

끼릭!

퍼엉, 콰아앙!

단 일격에 무려 300마리가 넘는 몬스터가 통구이로 전락해 버렸으나 그것은 고작 몇 초를 벌기 위한 임시방편에 불과하였다.

몬스터들은 그 뒤를 이어 득달같이 달려들었다.

키에에에에에에!

발키리는 라바가 재장전하는 동안 파이어볼을 사방으로 내갈기며 전장을 초토화시켰다.

화르르르륵!

공격 로봇으로서의 성능은 이루 말할 나위 없을 정도로 대단한 발키리와 라바였지만 소모되는 마나의 양이 만만치 않았다.

카미엘은 단 10분의 전투에도 불구하고 마나서클에 상당한 부담을 느끼기 시작했다.

"…빌어먹을. 아직까지 심장이 제대로 여물지 않아서 마나서클이 불안정한 모양인데?"

─마나는 충분하다. 다만 서클이 자리를 못 잡아서 그런 것

같아. 그만 소환물들을 거두어들이는 것이 나을 것 같군.

"그래야 하나?"

발록이 카미엘의 심장을 걱정할 정도로 마나의 소모가 심각하니 이제는 본월에 의지하여 총격전을 벌일 수밖에 없었다.

철컥!

"이제 남은 폭탄이 다 떨어졌습니다! 더 이상 포격은 어려우니 총격전만으로 시간을 벌어봅시다!"

"각오한 바다! 전원, 사격 개시!"

두두두두두!

그나마 복도의 폭이 좁았기 때문에 소총으로 몇 분간 버티는 것은 가능할 것 같았다.

하지만 문제는 그 몇 분이 지난 후엔 탄알이 고갈된다는 것이다.

카미엘을 비롯한 팬텀의 일원은 자신이 가지고 온 탄알을 전부 다 소비하는 데 불과 15분도 걸리지 않았다.

"재장전!"

"…이게 마지막 탄창이다!"

"우리도 이젠 끝인가?"

탄알이 슬슬 바닥을 드러낼 즈음, 카미엘은 본원을 버리고 각자의 생존지를 찾아 떠날 것을 제안했다.

"이 벽이 얼마나 버틸지 모릅니다! 지금쯤이면 고스트가 충분히 도망쳤을 테니 우리도 살 길을 찾아서 떠나자고요!"

"좋아, 20분이면 할 도리는 다했지! 전원, 산개! 살아서 지상에서 만나자!"

"라져!"

카미엘이 본월을 등지고 도망치려는 찰나, 저 멀리서 거대한 녹색 물체가 데구루루 굴러오기 시작했다.

꿀렁꿀렁!

잠시 후, 녹색 물체는 본월과 부딪쳐 거대한 폭발을 일으켰다.

콰아아아아앙!

"크허어억!"

한차례 폭발로 인해 팬텀의 일원이 저만치 나가떨어졌고, 가장 뒤편에 서 있던 카미엘은 등에 3도 화상을 입었다.

엄청난 고통이 그를 엄습해 왔지만 이대로 목숨을 포기할 수는 없었다.

"달려요! 어서!"

자리에서 벌떡 일어선 카미엘이 다시 한 번 전방을 향해 내달리는데, 저 멀리서 다섯 개의 녹색 물체가 더 빠른 속도로 굴러오기 시작하였다.

쿠그그그그그!

순간, 카미엘과 팬텀의 일원은 아연실색하며 입을 떡 벌렸다.

"어, 어어……!"

"피해! 빨리!"

콰앙!

녹색 물체는 연쇄 폭발을 일으켰고, 카미엘은 화염에 휩싸이고 말았다.

*     *     *

전라북도 군산의 앞바다에 눈발이 휘날리고 있다.

휘이이잉!

한 사내가 군산 앞바다에서도 대물이 가장 잘 낚인다는 포인트에 자리를 잡고 앉았다.

그는 낚싯대를 드리우며 담배를 입에 물었다.

"후우……."

추운 날씨와 잘 어울리는 시원한 멘톨 향이 주변을 물들이면서 주변의 공기가 더욱 차갑게 내려앉았다.

그의 담배 연기를 뚫고 한 여인이 다가왔다.

"여기 계셨군요?"

"나를 찾았는가?"

"예, 이곳에 계신 줄 모르고 한참을 찾았습니다."

"그랬나?, 미안하게 되었군. 괜히 헛걸음을 하게 만들었으니 말이야."

"아닙니다. 선생님의 위치를 잘못 파악한 제 탓이 큽니다."

그녀는 남자에게 보고서를 한 장 내밀었다.

"이번 실험에 대한 데이터입니다."

"고맙군."

남자는 그녀가 건넨 보고서를 찬찬히 읽어보더니 이내 미묘한 미소를 지었다.

"좋은데?"

"모두 선생님께서 예상하신 대로입니다."

"이대로라면 조만간 우리의 연구가 빛을 발할 수 있겠군."

그녀는 쓸쓸하게 웃었다.

"…그렇습니까?"

조금 어두운 그녀의 낯빛이 그의 심기를 건드린 모양이다.

남자가 딱딱하게 굳은 얼굴로 물었다.

"자네는 우리의 성공이 그다지 달갑지 않은 모양이지?"

"아닙니다. 선생님의 기쁨이 곧 저의 기쁨이지요."

"하지만 자네의 표정은 정반대의 얘기를 하고 있는 것 같은데?"

그녀는 고개를 가로저었다.

"…성공과 실패 유무를 떠나서 조금 쓸쓸합니다."

"무엇이 말인가?"

"제 손으로 파괴의 씨앗을 키운다는 것이 말입니다."

남자는 실소를 흘렸다.

"훗, 겨우 그런 이유 때문에 우리의 대의를 부정하려 하는 건가?"

"그건 아닙니다만……."

"현실을 직시하게. 지금까지 자네가 뿌려놓은 파괴의 씨앗만으로도 이미 충분히 많은 피를 보았어. 이제 와서 인간답게 살아가려 노력한다고 바뀌는 것이 있을 것이라고 생각했나?"

"……."

"꿈 깨. 자네는 지금 뭔가 단단히 착각하고 있는 거야."

남자는 그녀의 귓가에 입을 가져다 댔다.

흠칫 몸을 움츠린 그녀는 남자의 속삭임에 동공이 확 열려버렸다.

"…자네는 아직도 자네가 사람이라고 생각하는 건가?"

"……!"

"사람은 그만한 한계를 가지고 있다. 하지만 우리는 사람이 아니야. 한계를 돌파했기 때문이지."

그제야 그녀는 뭔가 대단한 사실을 깨달은 듯 몸을 떨었다.

남자가 슬그머니 웃으며 자리에서 일어섰다.

"낚시가 잘 안 되는군. 괜찮다면 자네가 계속 이어나가 주시게."

"……."

그녀는 우두커니 그 자리에 서서 겨울 바다를 바라보았다.

*          *          *

24보병사단이 진군하고 있는 가운데, 저 멀리서 거대한 폭발 소리가 들렸다.

콰아아아앙!

무려 네 차례나 이어진 폭발로 인해 보병사단의 진군이 일시 정지되었다.

─선두, 정지!

─전방에 무슨 일이 벌어진 것인가? 수색대, 보고 바란다!

전방에서 수색을 펼치고 있던 수색대는 자신들의 다리를 저 릿저릿하게 만든 진동을 느끼곤 몹시 당황하였다.

"대, 대장님, 이게 도대체 뭡니까?!"

"…뭐지? 이미 포격전은 종료된 것 아닌가?"

그는 오히려 후방 지휘소로 무전을 날렸다.

"여기는 수색대, 혹시 해군 병력과 해안 포대의 포격 지원이 있었나?"

─없었다.

"그렇다면 공중 폭격은?"

─그런 사항은 확인되지 않는다.

장래현 중위는 뭔가 꺼림칙한 느낌이 들었다.

"이상하다."

"대장님, 느낌이 꼭 지진이 난 것 같았습니다. 이 진동, 지하에서 난 것 아닙니까?"

"그렇다면 지하에서 폭발이 일어났다는 소리 아닌가?"

"그런 소리가 됩니다."

장래현이 광대역 무전기를 잡으려는 바로 그때였다.

끼이이이이익!

"으으으윽!"

마치 고막을 찢는 듯한 소음이 장래현과 수색대원들의 귓가를 파고들었다.

장래현은 고막이 파열되어 소리조차 제대로 들리지 않는 상황이었지만 자신의 앞에 펼쳐진 상황을 똑똑히 지켜보았다.

쿠그그그그, 콰앙!

거대한 원형 물체가 땅을 뚫고 나와 장래현과 수색대원들의 머리 위로 떠오르더니 이내 다시 한 번 고주파를 쏘아 보냈다.

끼에에에에엑!

"끄아아아아악!"

이번에는 정말로 내장이 파열되는 듯한 고통을 느끼며 고꾸라진 장래현은 무전기의 송출 버튼을 눌렀다.

끼익, 끼익.

"송출이 불가능해?!"

광대역 무전기는 물론이고 신형 96K와 같은 소형 무전기 역시 먹통이었다.

장래현은 일단 부하들을 다잡기로 했다.

"어서 일어나라! 살아서 이곳을 빠져나가야 한다! 후방 지휘소에 이 사실을 알려야 한단 말이다!"

"으으……!"

"일어나!"

짝짝!

그는 부하들의 따귀를 때려 가까스로 정신을 다잡아주었지만 이미 사태는 점점 걷잡을 수 없이 커져갔다.

쿠그그그극!

멀쩡하던 땅속에서 몬스터가 튀어나와 사방을 뒤덮었다.

끼에에에에엑!

"곤충형 몬스터입니다! 저놈들, 지금까지 매복하고 기다리고 있던 것입니다!"

"매복?!"

장래현은 자신을 향해 달려드는 지글링턴의 발에 맞아 복부를 관통당하고 말았다.

퍼억!

"크허어억!"

그는 자신의 위로 달려드는 지글링턴들을 바라보며 믿을 수 없다는 표정을 지었다.

몬스터가 매복하고 있다가 자신을 덮쳤다는 것을 도저히 실감할 수가 없었다.

'이건 꿈이다.'

장래현은 자신이 사랑하는 애인과 함께 놀이동산에서 데이트를 즐기는 장면을 회상하며 그곳에 자신이 있다고 생각하였다.

따뜻하고 달콤한 그녀의 숨결이 장래현의 온몸에 닿으며 행복한 미소가 사르르 번져 나갔다.

'미현아……'

하지만 이제 그의 신체는 뇌 하나만 남기고 모두 지글링턴에게 뜯어 먹히고 말았다. 그리고 남은 뇌 한 조각은 액체 생명체가 스멀스멀 기어 나와 단숨에 흡수해 버렸다.

슈르르르륵!

이제 이 세상에 장래현이라는 사람은 존재하지 않는 사람이 되어버렸다.

\*      \*      \*

같은 시각, 24사단은 무려 20만 마리의 지글링턴에게 둘러싸여 병력의 절반 이상이 궤멸당하는 사태에 직면하고 말았다.

24보병사단장 최정호 소장은 병력을 이끌고 다시 왔던 길로 되돌아가려 했지만, 이마저도 역부족이었다.

─여기는 55연대, 전방에 적 출현! 매복 병력이 있는 것으로 추측된다!

─여기는 241연대, 측방에 공중 괴생명체 출현! 사태가 심각하다!

최정호 소장은 병력의 절반 이상을 잃었지만 부대의 궤멸을 두고 볼 수만은 없다고 판단하였다.

그는 각 연대의 지휘관들에게 자신의 결단을 통보하였다.

"연대장들에게 전파한다. 지금부터 전 병력을 55연대가 담당하고 있는 포인트 찰리로 집중시키고 최전방에 진내 사격을 요청한다."

─…사단장님, 후방에 진내 사격을 요청하게 되면 우리의 퇴로는 단 하나로 좁혀집니다! 더군다나 그곳에 남아 있는 부상자와 후송 병력이 전멸하게 될 것입니다!

"하지만 이렇게라도 하지 않으면 다 죽는다."

─사단장님!

"이 작전에 대한 책임은 내가 지겠다. 그러니 명령에 따라라. 그렇지 않으면 추후에 항명죄를 물어 즉결심판에 넘기겠다."

다친 팔과 다리를 자르고 멀쩡한 팔다리를 가지고 적진에서 빠져나가겠다는 그의 결단은 아무나 내릴 수 있는 것이 아니었다.

다만 이것을 수행하자면 스스로 인간이기를 포기해야 한다는 것이 문제였다.

사단사령부로 전방의 부상자를 호송하던 병력과 최전방 전투 병력의 무전이 날아들었다.

—여기는 후송대! 지원 병력이 필요하다! 즉각적인 조치를 바란다! 다시 한 번 요청한다!

—…전방에 적 병력이 너무 많다! 공중 지원이 시급한 상황이다!

최정호 소장은 무전기를 꺼버렸다.

팟!

"…진내 사격을 요청한다!"

"예, 알겠습니다!"

군단사령부로 진내 사격이 요청되자, 야포와 지대지미사일 등이 불을 뿜기 시작했다.

슝슝슝!

이미 남은 병력 대부분이 후방의 퇴로를 확보하기 위해 전력투구를 하고 있는 상황이었기에 현재의 최전방만 정리되면 어느 정도 여유는 생길 것이다.

그러나 그곳에 있는 대한의 아들들은 평생 빛을 보지 못하게 될 것이 분명했다.

그는 눈을 감았다.

'만약 신이 있다면 나는 지옥에 갈 것이다. 하지만 내가 지옥에서 뒹굴더라도 남은 이들은 꿋꿋하게 살아남아 이곳 제주도를 지킬 것이다. 죽어서도 나를 원망해라. 그 원망, 달게 받겠다.'

최정호는 감고 있던 눈을 뜨고 지휘부에 자신의 명령을 하달하였다.

"전투 물자는 모두 버려도 좋다! 무조건 살아서 장벽을 넘어 생환한다! 이제부터 우리의 목표는 생환이다!"

—예, 알겠습니다!

단 한 사람의 결단으로 사단 병력 절반이 살아남아 장벽으로의 진입을 시도할 수 있게 되었다.

제주도 남부 장벽 안으로 24사단의 잔여 병력이 입성하였다.

아직도 해안포와 야포 등이 장벽 앞을 불바다로 만들고 있었지만 여전히 몬스터들의 파상 공세는 끝이 날 줄을 몰랐다.

몬스터들의 침공이 계속되는 가운데 백성식 중장은 최정호 소장의 경례를 받았다.

척!

"충성! 소장 최정호, 임무에서 복귀하였습니다. 이에 신고합니다."

"그래, 수고 많았네."

최정호 소장은 백성식 중장의 앞에 무릎을 꿇고 말았다.

쿵!

이윽고 그는 자신의 어깨에 매달려 있는 녹색 완장을 떼어 백성식 중장에게 내밀었다.

"…전역을 신청한다는 것은 말도 안 되는 일이고, 부하들을 사지로 내몬 죄를 물어 군법재판소에 넘겨주십시오."

백성식 중장은 무릎을 꿇고 있는 최정호 소장의 얼굴을 주먹으로 후려갈겨 버렸다.

퍼억!

"으헉!"

"이런 빌어먹을 새끼를 보았나?!"

최정호 소장은 얼굴을 얻어맞고 난 후 오뚝이처럼 다시 자리에서 일어났다.

"…죄송합니다! 만약 총살하시겠다면 당연히 받겠습니다!"

백성식 중장은 그의 어깨에 백색 완장을 달아주었다.

"백의종군해라. 죽은 부하들을 위해서라도 군법재판 따위로 도망치면 안 되는 것 아닌가?"

"…장군!"

"이 사태는 모두의 책임이다. 그러니 죽을 때까지 이곳을 지키다가 몬스터에게 사지가 뜯어 먹혀 죽어라. 그게 나의 처분이다. 알겠나?"

최정호는 자리에서 우뚝 일어섰다.

척!

"충성!"

"충성. 살아서 조국의 방패, 죽어서 충성하라."

"예!"

백성식 중장은 이를 악물었다.

"…우리는 죽을 것이다. 하지만 지금은 아니다."

그는 최정호 소장을 비롯한 각 사단장들과 함께 혈전을 다짐하였다.

## 제2장
악전고투

나흘째 몬스터의 공격이 계속되고 있다.

병사들은 조금씩 지쳐가고 있었고, 탄약과 포탄은 점점 떨어져 적을 상대하기가 벅찰 지경이 되었다.

이제 남은 것은 육지에서 내려올 지원 부대의 입성뿐이었다.

11군단의 작계는 보병사단을 앞세워 적을 벼랑 끝까지 몰아붙이는 전술이었기 때문에 보병 부대에게 상당수의 군수물자가 하달되어 있었다.

24보병사단이 이 군수물자를 작전지역까지 운반하고 후속 부대와 합류하여 다시 장벽을 세우고 식량과 탄약을 재분배하

는 방식이었기 때문에 현재 남은 물자는 채 일주일을 버티기도
힘든 실정이었다.

만약 한 가지의 변수가 있다면 후방으로 병력을 빼돌려 식량
을 조달하고 11군단 본사령부로 들어가 탄약과 물자를 재보급
하는 일이었다.

11군단은 지원 부대의 상륙까지 버틸 물자를 조달하기 위한
특공대를 편성하였다.

수색대 1개 중대를 물자 조달에 동원하고 그 뒤를 포병병력
이 지원하는 방식으로 작전이 진행될 예정이다.

이번 작전의 지휘관은 24보병사단 55연대 3대대장 경진태 중
령이었다.

경진태 중령은 진내 사격으로 부하들을 모두 잃은 충격에 빠
졌다가 바로 어제 마음을 다잡고 작전에 투입할 수 있도록 자
원하였다.

그는 특전사 출신에 각종 훈련을 모두 마스터한 전투의 베테
랑이었기 때문에 그 어떤 누구보다 자신감이 넘쳤다.

하지만 그의 자신감에는 부하들을 잃었다는 자책감과 몬스
터를 궤멸시키겠다는 악에 받친 투지가 섞여 있었다.

아마 그는 자신이 사무관 출신의 참모였다고 해도 분명 총을
잡고 작전에 투입했을 것이다.

경진태 중령은 120명의 병사들과 장교, 부사관들을 이끌고

후방으로의 진입을 시도하였다.

—여기는 둥지, 두더지 응답 바람.

"여기는 두더지."

—새로 들어온 정보다. 현재 도시의 외곽에는 지자체에서 만들어놓은 두꺼운 장벽이 쳐져 있다고 한다. 또한 남쪽으론 개미 새끼 한 마리 들어갈 수 없도록 문을 꼭꼭 걸어 잠갔다고 한다. 그러니 몬스터의 습격이 있을지도 모른다. 이에 유의할 수 있도록.

경진태는 실소를 흘렸다.

"훗, 이럴 때는 행동이 빨라서 좋군."

"다행입니다. 그나마 민간인들이 피해를 입지 않아서 말입니다."

"제주도 지방의회도 아주 바보는 아닌 모양이군."

만약 민간인들이 살아가는 주거 구역에 방비가 제대로 안 되어 있었더라면 11군단에겐 엄청난 부담이 되었을지도 모른다.

그러나 제주도 자치의회에서 발 빠른 대처를 해준 덕분에 작전이 한결 수월할 수도 있을 듯싶었다.

"자, 그럼 이제 슬슬 시작해 볼까?"

경진태가 앞장서자 수색대원들이 그 뒤를 따르기 시작했다.

저벅저벅!

발소리 이외엔 숨소리조차 들리지 않을 정도로 짙은 긴장감을 안은 채 진격하던 경진태의 귓가에 무전이 날아들었다.

─파앗! 전방에 몬스터 등장!

순간, 경진태는 일선에서 부하들에게 정지 신호를 보냈다.

척!

손을 들어 수신호를 보낸 경진태는 쌍안경을 꺼내어 첨병들의 진영을 살폈다.

끼리리리릭.

첨병들이 대치하고 있는 놈들은 마치 딱정벌레처럼 생긴 곤충형 몬스터였는데, 대략 50~100마리가량으로 무리를 이루고 있었다.

마치 오류가 난 컴퓨터가 내는 소리를 웅얼거리며 모여든 몬스터들은 저마다 반투명 물질과 푸른색 주머니를 몇 개씩 가지고 있었다.

"저게 뭐지?"

난생처음 보는 광경에 고개를 갸웃거린 경진태는 휘하의 장교들을 불러들여 의견을 물었다.

쌍안경으로 전방을 살핀 장교들은 경진태와 비슷한 표정을 지었다.

"별 이상한 짓을 다 하네. 저것들로 과연 무엇을 하려는 것일까요?"

"먹이? 먹을거리를 저장하려는 건가?"

"몬스터들도 머리가 있을 텐데 적진 한가운데에 먹이를 저장 할까?"

"으음, 그러고 보니 그렇군."

아무리 몬스터에 대한 지식이 해박해도 저런 아종들이 하는 짓거리에 대해 이해할 수 있는 사람은 아마 존재하지 않을 것이 다.

경진태는 일단 여기서 대기하면서 본대로 무전을 보내보기로 했다.

"아아, 여기는 두더지. 둥지 응답 바람."

―파앗! 여기는 둥지.

"전방에 적 병력이 집결해 있다. 대략 1개 중대의 규모로 보인 다."

―치지지직! 일단 대기하고…….

갑자기 광대역 무전기가 말을 듣지 않았다.

툭툭!

방탄 헬멧에 무전기를 툭툭 두드려 본 경진태는 아무래도 무 전이 불통 상태가 되었다고 판단하였다.

"이젠 하다하다 별……."

바로 그때, 경진태의 부하들이 숨죽여 외쳤다.

"대장님, 하늘에……."

"……?"

반사적으로 고개를 든 경진태는 눈을 동그랗게 떴다.

하늘에는 지름 15미터의 거대한 눈동자가 두 개나 둥둥 떠다니고 있었다.

—삐비비비비빅!

무전 신호를 반사시키는 놈의 광선이 이리저리 퍼져 나가자 소형 무전기와 광대역 무전기의 전원이 순식간에 나가 버렸다.

경진태는 저놈이 나타난 때를 상기시켜 냈다.

"…놈이 몬스터를 몰고 다닌다. 아마도 저놈 뒤에는 조금 더 많은 몬스터가 도사리고 있겠지."

"그럼 어떻게 합니까? 이대로 전진합니까, 아님 후퇴합니까?"

경진태는 고민에 빠졌다.

이곳은 분명 아군 진영이긴 하지만 장벽과 장벽 사이에 있는 빈틈이기 때문에 몬스터가 출몰하게 되면 양쪽 모두 위험할 수 있었다.

하지만 식량을 포기하고선 더 이상 버틸 수가 없기 때문에 여기서 진군을 멈추면 아군은 아사하고 말 것이다.

"대장님!"

"…빌어먹을!"

경진태는 결단을 내렸다.

"1소대는 지금 당장 본진으로 돌아가 현재 상황에 대해 보고하고 2소대는 이곳을 사수하며 위치를 고수한다. 나머지 3소대와 본부 소대는 나와 함께 식량을 탈취하러 전진한다."

"예, 알겠습니다!"

"위치로!"

그의 결단에 따라서 중대가 세 개로 나뉘어 각자의 위치로 이동하기 시작했다..

"1소대, 후방으로!"

"2소대, 총구 전방!"

철컥!

경진태의 손짓에 의해 2소대의 사격이 개시되었다.

"발사!"

두두두두두두!

2소대의 사격에 몬스터들이 몇 대 맞지 않았음에도 줄줄이 녹색 물을 터뜨리며 죽어나갔다.

퍼버버버벅!

꾸웨에에에엑!

3소대는 총탄이 빗발치는 진영을 살짝 에둘러 달리면서 공중에 둥둥 떠 있는 비행 물체를 사격하기 시작한다.

"비행 구체를 사격하라!"

탕탕탕!

단발 점사로 사격하며 내달리던 그들에게로 또 한 마리의 비홀더가 다가왔다.

고오오오오!

그런데 이번에 그들에게 달려든 비홀더는 일반적인 개체보다 대략 5배 정도 큰 것 같았다.

놈은 다짜고짜 땅으로 돌진하기 시작했다.

크하아아악!

거대한 눈동자를 부릅뜬 채 땅으로 달려든 비홀더는 한차례 진동을 일으키며 안착하였다.

쿠웅!

"크으윽!"

진동과 흙먼지로 인해 시야가 아주 잠깐 흐려진 경진태는 금세 시야를 회복하고 부하들을 지휘하였다.

"달려! 우리는 무조건 목적지에 도착해야 한다!"

"예!"

오로지 앞만 보고 달리던 경진태의 뒤로 부하들의 비명 소리가 들려온다.

"어, 어어……?!"

"대장님! 몬스터 아가리에서 지글링턴이 쏟아져 나옵니다!"

"뭐, 뭐야?!"

거대한 아가리에선 대략 200마리쯤 되는 지글링턴이 달려나왔는데, 자신의 눈앞에 보이는 생명체를 모조리 쓸어버리기 위해 혈안이 되어 있었다.

경진태는 인간이 지글링턴의 달리기에는 상대가 되지 않는다는 것을 너무나도 잘 알고 있었다.

"소대, 사격 대형으로!"

철컥!

3소대와 본부 소대의 인원은 총 60명이니 200마리의 지글링턴을 상대하는 것은 그리 어려운 일이 아니었다.

경진태는 흙먼지를 뚫고 달려드는 지글링턴에게 무차별 사격을 가했다.

"발사!"

두두두두두!

크헤에에에엑!

공포감이란 눈곱만큼도 찾아볼 수 없을 정도로 미친 듯이 달려들던 지글링턴들이 총탄에 맞아 하나둘 사망하기 시작했다.

그러나 그것은 시작에 불과하였다.

쿠웅!

비홀더가 둥둥 떠 있던 자리에서 거대한 촉수가 튀어나오더니 이내 몬스터가 드나들 수 있는 굴을 만들어냈다.

촉수가 뚫어놓은 땅굴을 타고 지글링턴은 물론이고 가우스트 물뱀과 자이언트 사우르스 등이 쏟아져 나왔다.

쿠오오오오오!

경진태는 그 끝을 알 수 없을 정도로 쏟아져 나오는 몬스터들을 바라보며 아연실색하였다.

"이런 씨발! 이게 도대체 무슨 난리야?!"

"대장님! 일단 이곳에서 빠져나가야 합니다! 저놈들과는 거리가 조금 있으니 지금 달린다면 지하 벙커가 있는 곳까진 갈 수 있을 겁니다!"

그는 일단 살아남는 데 집중하기로 했다.

"본부 소대, 3소대는 지금 당장 벙커를 찾아 달린다! 뒤를 돌아보면 죽는다! 무조건 달려라!"

"예!"

경진태는 부하들과 함께 숨을 곳을 향해 달리고 또 달렸다.

\*　　　　　\*　　　　　\*

늦은 밤, 장벽 망루에 설치되어 있던 광대역 레이더에 150개의 큰 점이 찍히기 시작했다.

삐비비비비비빅!

경계를 담당하고 있던 경비중대는 장벽 전체에 비상령을 동원하였다.

―위이이이이잉!

―비행 물체 150개가 다가오는 중이다! 방공대대를 비롯한 모

든 지대공 인원은 동쪽 입구로 집결하기 바란다! 다시 한 번 말한다!

경비중대의 비상령에 동원된 대공 병력이 각자의 자리로 돌아왔다.

―여기는 발칸 제1중대, 사격을 실시하겠다!

―어디라도 좋다! 준비된 부대는 즉각 사격을 실시하라!

―입감!

가장 먼저 자리를 잡은 발칸중대들이 불을 뿜기 시작했다.

두두두두두두!

발칸포가 날아가 몬스터를 타격하였으나, 놈들은 피를 철철 흘리면서도 묵묵히 날아들었다.

쿠오오오오오!

거대한 비홀더들의 등장에 지대공미사일이 준비되어 발사를 시작하였다.

―지대공미사일 포대, 사격 준비 끝!

―발사!

피융!

지대공미사일 150개가 날아가 동시에 비홀더를 타격하였다.

콰앙!

그러자 사방으로 비홀더의 사체가 흩날리기 시작했다.

―명중!

─150개 모두 시야에서 사라졌다.

1차 공습이 끝난 후 재정비를 준비하려던 찰나에 몬스터들의 2차 공습이 시작되었다.

이번에는 남쪽과 서쪽에서 200개가 넘는 초대형 비홀더가 날아들었다.

고오오오오오!

─여기는 경비중대, 남쪽과 서쪽에서 비행 물체가 포착되었다! 지금 당장 이곳으로 지원 바란다!

─입감!

서쪽과 남쪽으로 병력이 분산되어 달려가는 가운데, 방금 전 공습이 이뤄진 곳으로 500개가 넘는 비홀더가 날아들었다.

휘이이잉!

─제기랄! 때린 곳을 또 때리는군! 이번에는 500기다! 공군병력 출동 바람!

─출격 대기 시간 1분, 1분이다!

─알겠다!

500마리의 비홀더가 하늘을 까맣게 뒤덮을 즈음, 전투기들이 출격하여 비홀더들을 처치하기 시작했다.

─여기는 전투비행단, 목표물을 특정하지 않고 사격하겠다.

─입감! 어서 해치워 버려!

전투기와 폭격기, 헬기 등 공격을 할 수 있는 모든 수단이 동원되어 방어에 매달렸다.

그러는 동안 후방에서는 지금까지 보지 못한 고래 모양의 비행형 몬스터 50마리가 다가왔다.

끄웨에에에엑!

괴기스러운 비명을 내지르며 날아든 비행형 고래들은 몸의 2/3가 아가리로 되어 있었는데, 이것이 여덟 갈래로 갈라져 있었다.

입을 꾹 다문 채 날아든 고래들은 엄청난 포격에도 흔들리지 않은 채 11군단 사령부의 2차 방어지역으로 떨어져 내렸다.

쿠웅!

그리곤 거대한 아가리를 벌려 몬스터를 쏟아내기 시작했다.

사사사사사삭!

자이언트 사우르스를 필두로 바질리스크, 오우거, 고블린들이 그 뒤를 이어 내려왔다.

크오오오오오!

가공할 만한 덩치의 자이언트 사우르스가 지상에 모습을 드러내자 근방에 있는 군사 건물들이 너무나도 초라해졌다.

쿵, 쿵, 쿵!

10마리의 자이언트 사우르스가 앞서 달려나가니 지상군의 사격이 무용지물이 되어버렸다.

펑펑펑펑!

─소총 사격이 소용없다! 전차와 자주포의 사격을 요청한다!

─지금 진내 사격을 요청하는 것인가?!

─진내 사격이고 뭐고 2차 방어진이 뚫릴 위기에 놓였다!

─젠장, 알겠다!

장벽 뒤에는 철조망과 강철 장애물로 이뤄진 2차 방어진이 짜여 있는데, 이곳이 뚫리면 곧장 군단사령부가 위험에 처하게 된다.

보병 부대는 이곳으로 모여들어 몬스터들의 파상 공세를 막아내는 데 여념이 없었다.

하지만 그러는 가운데 후방에서의 비보가 전해졌다.

─여기는 북부 민간인 통제구역! 지금 민간인 구역과 군인 장벽 사이에 몬스터들이 출몰하였다! 그 규모는 대략 4천 마리 내외이다!

─뭐, 뭐야?! 그게 무슨 말도 안 되는 소리야?!

─몬스터가 땅굴을 파내고 잠입을 시도하였다! 그나마 장벽이 뚫리지 않은 것이 천만다행이다!

─제기랄! 기갑사단 예하 전차 2개 중대를 후방으로 파견한다!

─입감!

전차중대 2개 병력이 후방으로 이동하였으나 4천 마리나 되는 몬스터를 막아내는 것은 결코 쉽지 않았다.

펑펑!

사격이 떨어져 내린 곳에 있는 몬스터들은 죽어도 빈자리를 계속 채워 나갔기 때문이다.

끄웨에에에엑!

―징그러운 새끼들! 인해전술이 만만치 않다!

―그래도 막아! 뚫리면 우리 모두 다 죽는다!

때 아닌 악전고투에 병사들의 신음이 점점 늘어갔다.

\*　　　　\*　　　　\*

같은 시각, 11군단 사령부는 몬스터의 양동작전에 유연하게 대처하기 위하여 병력의 구성을 어떻게든 효율적으로 맞추어 나가는 중이다.

그러는 가운데 본토에서 지원 사단이 구성되어 파견되는 중이라는 소식이 들려왔다.

하지만 이곳저곳에서 난전이 일어나고 있는데 지원 사단이 제대로 도착할 수 있을 리가 없었다.

백성식 중장은 해안포대에게 연락을 취해 그곳의 방어 상황에 대해 물었다.

―여기는 해안포대! 지금 해안포대를 중심으로 엄청난 양의 몬스터가 몰려들고 있습니다! 잘못하면 해안포를 모두 점령당

할 수도 있겠습니다!

"제기랄!"

그는 곧이어 해군 병력에게 연락을 취하였다.

"해군, 해군! 지원 사단을 맞이할 여력이 있는가?!"

―여기는 해군지원단! 지금 해안포대와 몬스터 도발 지역을 커버하는 것도 벅찹니다! 만약 저희가 빠지면 본진이 무너질 수도 있습니다!

식량과 탄약이 없는 상황에서 몬스터를 막아낸다는 것은 어불성설이기 때문에 지원 사단을 맞이하는 것은 상당히 중요하지만 지금은 그럴 만한 여력 자체가 되지 않았다.

결국 백성식 중장은 모든 것을 운에 맡겨야 하는 처지에 놓이게 되었다.

"빌어먹을, 뭐 하나 쉬운 것이 없군."

"그나마 수색대가 살아남아 벙커로 숨어들었다고 합니다. 그들에게 기대를 걸어보는 것은 어떠십니까?"

"수색대가 살아남았다곤 해도 이곳까지 무슨 수로 들어오겠나?"

"몬스터도 개체 수가 무한정 지원되는 것은 아닐 테니 한차례 방어만 해낸다면 타이밍이 생길 것입니다. 그때를 노리시지요."

"흠……."

한마디로 지금 백성식에게 남은 가장 좋은 선택지는 한차례 몬스터의 공습을 막아낸 후 그다음 타이밍을 노리는 일이었다.

물론 한 타이밍을 벌기 위해선 몬스터를 최대한 피해 없이 막아야 한다는 전제 조건이 붙는다.

"현재 피해 상황은?"

"아직까지 중장비의 파괴는 없습니다만, 인원 피해가 대략 50명쯤 났습니다."

"…뼈아프지만 놈들의 공습에 비하면 타격은 그리 크지 않은 상황이군."

"다행히도 방공 시스템이 제대로 가동되었기 때문에 본진이 궤멸되는 상황은 면한 것입니다. 50명의 사상자는 제2차 방어지역에서 생겨난 인원입니다. 용감하게 방어하긴 했습니다만, 몬스터들이 갑자기 쏟아져 내리는 바람에 보병 병력이 타격을 입은 겁니다."

"그곳의 진압 상황은?"

"몬스터들이 진내 사격으로 일정 수 이상 죽어나간 상황입니다. 다만 자이언트 사우르스 등이 쓰러지지 않아서 애를 먹고 있는 중입니다."

"그나마 다행이군."

"병사들이 죽은 것은 안타까운 일입니다만, 군단장님의 말씀대로 타격이 크지는 않습니다. 이번 고비만 잘 수습하면 좋은 결과가 있을 것으로 보입니다."

백성식은 아주 작게 고개를 끄덕였다.

"좋아, 한번 버텨보도록 하지."

"예, 장군."

이제부터 중요한 것은 얼마나 집중력을 잃지 않고 몬스터를 방어하느냐이다.

백성식은 정신줄을 바짝 당겼다.

\* \* \*

대한민국 제1의 인터넷 커뮤니티 사이트 '파란불'에 때 아닌 공방전이 벌어졌다.

제주도로 전투 병력을 파견하지 않는 것이 과연 옳은 처사인가에 대한 의견이 불거져 나와 인터넷 게시판을 강타한 것이다.

현재 제주도의 11군단은 악전고투를 면치 못하고 있었는데, 식량과 탄약도 없이 어려운 전투를 계속해서 승리로 이끌어 나가고 있다는 소식이 전해졌다.

그럼과 동시에 이번 전투에서 11군단의 24사단 병력 절반이 사망하였고, 최근의 2차 방어지역에서의 전투에서는 50명이 넘는 사상자가 발생했다는 소식이 인터넷을 통하여 퍼져 나간 것이다.

해당 지역에서 근무하고 있는 장병들의 가족은 국방부에 사실 확인을 요청하였으나 아직까지 답변이 없었다.

이에 야당 의원들은 미국과 중국의 눈치를 보느라 자국의 장병들이 떼로 죽음을 당했다면서 대통령과 집권 여당을 압박하였다.

서울 광화문 앞으로 2만 명의 시민이 모여들어 촛불을 들었다.

촛불을 든 사람들의 앞에 선 사람은 다름 아닌 야당의 주축으로 거론되는 예성탁 의원이었다.

그는 현 국회의원직을 내걸고 촛불을 든 것이다.

예성탁이 단상 위에 올라 외쳤다.

"남의 눈치나 보느라 자국민을 지키지 못하는 것이 정부입니까?! 이런 국회가 과연 올바른 국회입니까?!"

"와아아아아아!"

"옳소!"

"사단 병력 절반이 넘게 죽었습니다! 그럼에도 불구하고 대국민성명을 발표하기는커녕 상황을 덮기 위해 전전긍긍하고 있습니다! 이런 정부는 없는 것이 낫습니다! 여러분, 우리가 각성하지 않으면 더 많은 아들들이 죽을 것입니다! 이제 20대 초반의 꽃다운 나이에 연고도 없는 타지에서 나라를 위해 목숨을 잃은 그들에게 예의 없는 변명이나 늘어놓는 정부는 없어지는 것이 옳습니다!"

"와아아아아아!"

국민들은 예성탁의 한마디 한마디에 열광하였고, 샌드위치 외교에 희생된 병사들의 넋을 달래겠노라 다짐하였다.

예성탁은 손가락으로 여의도 국회의사당을 가리켰다.

"저곳은 제가 있을 자리입니다! 하지만 저런 국회라면 앉고 싶은 마음이 없습니다! 저곳은 악마의 소굴입니다! 정치적 계산에 의해 사람이 죽어도 눈 하나 깜짝하지 않는 살인마들이 넘쳐나는 곳입니다! 이제는 무서워서 한국에서 못 살겠습니다!"

그는 자신의 국회의원직을 이곳에 다 걸었노라 역설했다.

"하지만 무서워도 나아갈 겁니다! 만약 제가 이번 시위로 인하여 국회의원직에서 사퇴한다고 해도 여한이 없습니다! 저런 살인마들을 쳐낼 수만 있다면 이 한 몸 바쳐도 좋습니다! 다만, 제가 사퇴하여 제주도에 있는 우리의 국민과 국군 장병들이 살아남을 수만 있다면 좋겠습니다!"

"와아아아아!"

"국민 여러분, 이 나라는 국민 여러분의 나라입니다! 한국은 미국과 중국을 위해서 존립하는 나라가 아닙니다! 이렇게 어처구니없는 정치 공작에 의해 나라가 망하는 것은 말도 안 되는 소리입니다!"

"옳소!"

"개헌해라! 대통령은 개헌을 선언해라!"

"와아아아아아!"

시위의 열기가 점점 더 높아지는 가운데 사방에서 경찰 병력이 몰려들었다.

위이이이잉!

사이렌을 울리면서 공권력을 과시하였으나 그들이 광화문에 모인 시민들을 어쩔 도리는 없었다.

이미 광화문에서 시위가 벌어질 것임을 사전에 신고하고 고지까지 하였으며 폭력적인 사태가 벌어질 기미가 전혀 보이지 않았기 때문이다.

예성탁은 국민들에게 외쳤다.

"저들은 살인마에 깡패입니다! 하지만 우리는 다릅니다! 개판 치는 정부 위에 문화 시민이 군림하는 우리나라야말로 의식의 선진국인 것입니다!"

"와아아아아!"

촛불을 들고 시위하는 국민들을 감싸고 있던 경찰들은 나름대로 진압 장비들을 세팅하여 대기하고 있었으나 그것을 사용할 수는 없었다.

그러니 이곳에 경찰이 있는 것은 그냥 구색을 맞추는 정도일 뿐이었다.

같은 시각, 이 모습을 지켜보는 김진태는 그저 무표정으로 일관하고 있었다.

김진태의 측근들은 그에게 사태 해결을 촉구하는 중이다.

"의원님, 어쩌실 생각입니까? 저대로 내버려 두실 겁니까?"

"지금도 저렇게 활개를 치면서 돌아다니는데 뭔가 특단의 조치를 내려야 하지 않겠습니까?"

"흠……"

그는 측근들에게 예성탁의 처리에 대한 의견을 물었다.

"뭐, 좋아요. 여러분의 생각이 정 그렇다면 저놈을 처죽이는 것으로 하죠."

"잘 생각하신 겁니다."

"하지만 현직 의원을 무슨 수로?"

"놈을 없애자고 마음만 먹는다면 못 할 것도 없지요."

김진태는 고개를 저었다.

"시위대를 구름처럼 몰고 다니는 저놈이 사라지면 국민들이 가만있겠어요?"

"그거야……"

"생각을 좀 하세요. 사건이 너무 커져서 저놈이 대물로 성장해 버렸어요. 야당 촌구석 늙은이로 썩어가던 예성탁이 이제는 거물이 되어버렸다 이 말입니다."

"대물이라고 해도 실족사나 사고사로……"

"멀쩡하던 사람이 그냥 죽어 나자빠지면 검찰이 가만있겠어요? 더군다나 검찰이고 경찰이고 일본 시위대 관련 사건으로 싸잡아 욕을 먹고 있는데 두 손 놓고 가만히 있을 것 같습니까?"

"그건 그렇지만 이대로 가만히 앉아서 당할 수만은 없잖습니까?"

김진태는 시위 현장에서 벗어나기로 했다.

"갑시다."

"의, 의원님!"

"술이나 한잔합시다."

"그렇지만 대책 없이 이렇게 가만히 손 놓고 있다간 무슨 일이 벌어질지 아무도 모릅니다. 잘못하면 대통령의 지지율 하락은 물론이고 다음 총선의 승리 역시 장담할 수 없습니다."

"그래요. 악재가 겹치긴 했죠. 그렇지만 지금 당장 뭘 어쩌자고요?"

"…의원님, 그게 무슨 말도 안 되는 소리입니까? 그냥 손을 놓자고요?"

김진태는 고개를 저었다.

"시간이 약이라는 소리입니다."

"우리에게 시간은 독입니다!"

"아닙니다. 독인지 약인지는 시간이 지나보면 알겠죠."

"……"

"안 갈 것이라면 나 혼자 갑니다."

"의원님!"

그는 더 이상 말을 꺼내지 않았고, 결국 이곳에 남은 의원들은 각자의 노선을 굳힐 수밖에 없었다.

여기서 김진태의 노선을 따르느냐, 그게 아니라면 지금부터라도 자신의 살길을 찾아 떠나야 할 것이다.

의원들은 선택의 갈림길에 서서 쉽사리 움직이지 못했다.

# 제3장
타격

제주도에 계속해서 장맛비가 내리고 있다.

쏴아아아아아!

카미엘은 피투성이가 된 자신의 기능성 군복을 빗물에 한차례 씻어냈다.

촤락!

그는 어두컴컴한 실험실 창밖을 내다보며 읊조렸다.

"…제기랄, 나잇살 먹고 이게 지금 뭐 하는 짓이람."

카미엘은 의식적으로 자신의 심장을 만지작거렸다.

폭발에서 간신히 살아남기는 했지만 마나서클이 거의 다 깨지는 바람에 이도 저도 아닌 상황이 되어버렸다.

"말짱 도루묵이군. 지금까지 난 뭘 한 거지?"

심장이 망가지긴 했어도 목숨이 끊어지지 않았으니 천운으로 여겨야 할 것이다.

그는 계속해서 발걸음을 옮겼다.

팬텀에 소속된 인원들은 역시 생존 전문가답게 알아서 자신들의 살 자리를 향해 흩어졌고, 결국 카미엘은 혼자 이곳에 남게 된 것이다.

그는 이곳 지하 실험실의 환풍구를 타고 30분쯤 도망 다니다가 마침내 제2 창고라는 푯말이 붙은 곳까지 오게 되었다.

제2 창고에는 지하 실험실에서 사용되는 각종 물자가 보관되어 있었는데, 이곳에는 지하 실험실의 지도도 보관되어 있었다.

카미엘은 이곳에서 발견한 지도를 통하여 실험실의 크기를 짐작할 수 있었는데, 이곳은 팬텀이나 카미엘이 생각한 것보다 훨씬 거대하였다.

지하 실험실은 남부의 끄트머리에서부터 대략 350만 평쯤 이어져 있으며 총 550개의 실험실과 25개의 물자 보급소 등으로 이뤄져 있었다.

아까의 그 몬스터들은 아무래도 아공간에서 태어나 자연적으로 만들어진 것이 아니라 이곳 실험실에서 개량을 하였거나 사육한 것으로 보였다.

지도에는 550개의 실험실 이외에도 아주 거대한 크기의 방사장이 표기되어 있었는데, 아무래도 이곳에서 몬스터들을 풀어놓고 마구 먹고 먹히는 실험을 자행한 것으로 보였다.

만약 실험실에서 찍어낸 몬스터들이 방사장에서 매일같이 싸우고 뒹굴었다면 바질리스크가 문제가 아니라 드래곤이 태어났어도 이상할 것이 없었다.

카미엘은 도대체 어떤 정신 나간 인간이 이런 미친 짓을 했는지는 몰라도 이것이 인류의 멸망을 재촉하는 일인 것은 틀림없다고 생각했다.

실험실을 파괴해야 하는 당연한 일이지만 일단 이곳에서 살아 나가는 것이 급선무였다.

카미엘은 물자 창고에서 식량을 조달하고 지도를 통하여 입구를 찾아냈다.

제2 물자 창고는 총 25개의 물자 창고 중에서도 가장 구석에 있기 때문에 잘만 하면 몬스터와 마주치지 않고 바깥으로 나갈 수도 있을 것이다.

하지만 문제는 실험실의 주변을 둘러싸고 있는 저 거대한 방사장이었다.

방사장은 550개의 실험실을 둘러싸고 있을 뿐만 아니라 지상까지 이어져 제주도 남부를 뒤덮은 정글을 만들어냈다.

한마디로 지금 이곳에서 탈출할 수 있는 유일한 방법은 혈혈

단신으로 정글을 가로질러 나가는 것이었다.

카미엘은 제2 물자 창고에서 가장 가까운 입구인 서쪽 3번 출구를 따라서 방사장으로 나가기로 했다.

방사장은 현재 얼마나 넓어져 있을지 알 수가 없으나, 잘만 하면 지상으로 바로 통하는 곳까지 나갈 수도 있을 것이다.

그는 제2 물자 창고의 문을 열지 않고 환풍구를 통하여 복도로 나가기로 했다.

살며시 환풍구 위로 올라간 카미엘은 대략 5분쯤 기어 나와 소형 탐사 로봇을 아래로 내려 보냈다.

지잉.

차량용 블랙박스를 개조하여 만든 이 탐사 로봇은 통제기와 연결되어 카미엘과 완전한 시야 교환이 가능했다.

사람 손바닥보다 조금 더 큰 탐사 로봇이지만 무한 궤도 장치에 자석판과 방수 레일이 깔려 있어서 수륙양용에 벽면과 천장을 타고 거꾸로 갈 수 있는 기능도 있었다.

카미엘은 탐사 로봇을 천장에 거꾸로 매달아 넓은 시야를 확보하였다.

천장에 매달려 복도를 내려다보니 인간의 것으로 보이는 엄청난 양의 혈흔이 바닥에 깔려 있다.

"이곳에서 죽은 사람이 비단 우리뿐만이 아닌 모양이군."

처음 카미엘이 이곳에 와서 본 탈출의 흔적은 아무래도 실험실에서 가두어 키우던 몬스터가 만들어낸 것 같았다.

원래는 방사장과 실험실이 철저히 격리되어 있었을 테지만 몬스터의 수준이 점점 더 높아지면서 인간이 그것을 통제할 수 없을 지경까지 된 것이다.

한마디로 욕심이 화를 부른 것이다.

지이잉.

계속해서 탐사 로봇을 전진시키던 카미엘은 잠시 로봇을 멈추어 세웠다.

로봇이 멈추어 선 곳에는 인간의 시신이 산더미처럼 쌓여 있었는데, 그들은 하나같이 형체를 알아볼 수 없을 정도로 심각하게 훼손되어 있었다.

시신의 훼손 정도로 미뤄봤을 때 아마도 몬스터들이 이들을 물어뜯어 죽인 후에 몇 차례 추가 피해를 준 것 같았다.

어쩌면 몬스터들을 가두어 키웠던 인간들에 대한 몬스터들의 분노가 표출된 것인지도 몰랐다.

카미엘은 이들이 왜 이렇게까지 위험한 실험을 한 것인지 도대체 이해를 할 수 없었다.

"목적이 뭘까? 몬스터들이 DNA 합성을 통하여 진화한다는 것은 어느 정도 밝혀진 이론이건만 왜 이렇게 말도 안 되는 실험을 한 것일까? 몬스터를 100% 통제한다는 것은 당연히 말도 안 되는 소리인데 말이야."

지금으로선 이들의 의도를 파악할 수 없으나, 어찌 되었든 간에 몬스터를 개량하는 것이 목적이었다면 그것은 완벽하게 이룬 셈이다.

지금 이곳에 있는 몬스터의 숫자로 따지자면 제주도는 물론이고 대한민국 남부까지 단번에 쓸릴 정도로 많았다.

아마 순전히 몬스터의 증식이 목표였다면 10점 만점에 10점을 받았을지도 모른다.

그는 계속해서 탐사 로봇을 이용하여 자신이 갈 길을 탐색해 나갔다.

\*　　　　\*　　　　\*

서울 제이비엘호텔 지하에는 클럽 '스피릿'이 자리 잡고 있다.

클럽 스피릿은 초호화 클럽으로서 명성이 자자한데, 매달 15일을 정기휴일로 지정하고 있었다.

그러나 15일의 클럽 스피릿은 그 어느 때보다 훨씬 더 뜨거운 분위기를 자아내고 있었다.

쿵쾅, 쿵쾅!

스칼렛은 클럽 스피릿의 입구에서부터 울려 퍼지고 있는 일렉트로닉 사운드에 심장이 일그러질 것만 같았다.

"사운드가 좋네요."

"클럽에 대해서 잘 아십니까?"

"이따금 스트레스를 풀기 위해서 혼자서 가곤 해요. 휴가에는 반드시 이비자섬에서 즐기고요."

"오호, 클럽 애호가였군요?"

"그런 셈이죠. 한데 사운드가 아주 독보적이네요."

"그런가요? 마음에 드신다니 다행이군요."

그녀는 실제로 독일과 영국 등지에 있는 일렉트로닉 클럽의 지분을 가지고 있을 정도로 클럽을 좋아했다.

전 세계 유명 DJ의 플레이는 거의 다 들어본 그녀가 압도될 정도의 사운드라면 분명 뭔가 특별한 비결이 있을 것이다.

탁동훈은 클럽 사운드에 대한 비결을 풀어놓았다.

"이곳 클럽은 비공개 옥션이 열리는 만큼 수많은 업계의 사업가들이 몰려듭니다. 그중에는 DSP 사운드도 속해 있지요."

"DSP 사운드라면 한국계 기업이 아니잖아요?"

"옥션에 꼭 한국계 기업만 들어오라는 법은 없습니다. 옥션에선 외국계 기업에게 한국계 기업을 넘기는 데 들어가는 수수료를 받고 기업 세탁을 해주기도 합니다. 그렇기 때문에 외국에서도 이곳에 적지 않은 관심을 가지고 있지요."

"그렇군요."

세계 정상급 기업들까지 이곳에 연관되어 있다니 상당히 의외의 사실을 깨닫게 되는 그녀였다.

잠시 후, 클럽 스피릿의 전경이 그녀의 눈에 들어왔다.

쿵쿵쿵!

클럽의 중앙에는 세계적인 DJ들이 현란한 플레이를 보여주고 있었고, 그 주변으론 늘씬한 미녀들이 흐느적거리며 춤을 추고 있었다.

아무래도 옥션의 주 고객층이 남자이기 때문에 외부에서 여자들을 사들인 것 같았다.

여자들이 보기엔 그리 썩 좋은 풍경이 아니었지만 팔등신의 미녀들이 춤추는 광경은 남자들의 판타지를 자극하기에 충분했다.

남자라면 모두 미소를 지을 정도로 자극적인 장면이 연출되고 있었으나 탁동훈은 표정에 큰 변화가 없었다.

탁동훈은 그녀들에게 눈길 한번 주지 않고 스칼렛과 대화를 이어나갔다.

"이제 곧 옥션이 시작될 겁니다. 테이블에 앉아서 조금만 더 기다리면 사회자가 여자들을 치우고 경매에 나올 물건들을 가지고 나오겠지요."

"사회는 누가 보는 건가요?"

"이곳을 운영하는 사람들에 대한 정보는 우리도 잘 모릅니다. 가면을 쓰고 있어서 정확한 신분은 알 수가 없습니다만, 언변이 상당히 좋습니다."

잠시 후, 탁동훈의 말대로 춤을 추던 미녀들이 자리를 떠나면서 클럽 전체가 상당히 조용해졌다.

클럽 스피릿은 럭셔리 클럽을 지향하는 만큼 일반 테이블의 의자가 모두 최고급이었다.

그러니 이곳에서 꽤 오래도록 옥션을 진행해도 큰 문제가 없을 것이다.

각자의 테이블에는 자신이 원하는 주종에 맞게 술상이 차려져 있어서 혹시나 옥션에 지루해진다면 곧바로 술을 한 잔씩 마실 수 있도록 되어 있었다.

탁동훈은 그녀에게 보드카를 한 잔 권했다.

"자, 그럼 한잔 마시고 본격적으로 놀아볼까요?"

"좋지요."

이윽고 검은색 가면을 쓴 사내가 스테이지 위로 올라왔다.

가면의 사내는 한 손 가득 든 큐카드를 들어 보였다.

"자, 그럼 지금부터 옥션 '에펠트'를 시작하겠습니다. 제가 가지고 있는 이 큐카드들이 오늘 여러분이 입찰하게 될 물건입니다. 입찰 방법은 간단합니다. 제가 큐카드를 한 장씩 프로젝터에 올릴 텐데 이에 따른 설명을 들으시고 마음에 드신다면 테이블에 놓여 있는 리모컨으로 의사 표현을 해주시면 되겠습니다. 리모컨의 빨간색 버튼이 입찰, 검은색 버튼이 취소입니다. 자, 그럼 지금부터 본격적인 메인 행사를 진행하겠습니다."

사회자의 첫 인사가 끝나자, 여기저기에서 박수가 나오기 시작했다.

짝짝짝!

인사가 끝나고 난 지 채 1분도 되지 않아 본격적인 옥션이 시작되었다.

찰칵!

클럽 스테이지에 준비되어 있던 거대한 스크린에 프로젝터의 화면이 투영되었다.

사회자는 큐카드에 나온 기업의 상세 프로필에 대해서 설명하였다.

"지금 보시는 '피라미드 디스플레이'는 세계 최초로 자율 타격 시스템을 개발한 회사입니다. 다들 아시겠지만 한국의 피라미드 디스플레이가 얼마 전에 유도미사일 및 궤도미사일이 오차 범위 0%의 타격을 가능케 하는 자율 타격 시스템을 개발하는 데 성공하였습니다. 이들은 지금까지 대략 15년 동안 유도미사일의 레이저 송신기를 제작하다가 돌연 3년간의 공백 끝에 이와 같은 혁신을 만들어냈습니다. 현재 피라미드 디스플레이의 주가는 거의 수직으로 상승하고 있으며 전 세계 일류 기업들의 인수, 합병 제안이 끊이지 않고 있습니다."

피라미드 디스플레이에 대해선 스칼렛도 이미 어느 정도는 알고 있었다.

현재 한국 주식시장을 강타한 피라미드 디스플레이는 전 세계적으로도 이슈가 된 이른바 '스타컴퍼니'였다.

　그야말로 주식시장의 스타로 떠오른 이들을 과연 어떻게 옥션에 끌어들인 것인지 스칼렛으로선 믿을 수가 없었다.

　"대단하군요. 저런 회사가 매물로 나오다니."

　"내가 뭐라고 했습니까? 옥션에 나오면 눈이 돌아갈 것이라고 말하지 않았습니까?"

　"확실히 그렇군요."

　만약 그녀가 진짜 기업가이고 투자자였다면 한 번쯤 군침을 흘렸을 만한 물건이 나왔으니 놀라지 않을 수가 없었다.

　그는 이런 수완을 가진 사람들이 있다고 운을 뗐다.

　"제가 말씀드렸지요. 옥션을 굴리는 사람들의 정체는 비밀에 붙여져 있다고. 하지만 확실한 것은 그들의 능력은 우리가 상상하는 것 그 이상입니다. 우리로선 아예 상상조차 할 수 없는 일들이 시도 때도 없이 일어나곤 하지요."

　"상상조차 할 수 없는 일이라……."

　"후후, 아무튼 오길 잘했죠?"

　그녀는 고개를 끄덕였다.

　"물론이죠. 이런 신세계가 있었다니, 왜 진작 이런 곳이 있다는 것을 알지 못했을까요? 만약 알았더라면 쓸데없는 곳에 돈을 쓰는 멍청한 짓은 하지 않았을 텐데요."

"이게 바로 인연이라는 겁니다. 이제라도 인연이 닿았으니 헛 돈 쓰지 말고 이곳에 투자하도록 하십시오."

"그래야겠네요."

만약 그녀가 탁동훈에 대해서 몰랐다면 지금 이 상황이 100% 거짓말이라고 생각했을 것이다.

아무리 능력 좋은 사람들이 판을 치는 세상이라고는 하지만, 이렇게 벼락 스타가 된 기업을 매물로 만들 수는 있는 사람은 드물 것이다.

때문에 그녀는 탁동훈이 지껄이는 말을 모두 거짓이라고 생 각하여 인연을 끊었을지도 모른다.

하지만 그에 대해서 확실히 전해 듣고 나서 보니 탁동훈이 잡은 연줄이 대단하다는 생각이 들었다.

'정말 대단하군. 이런 말도 안 되는 일을 성사시킬 정도라면.'

그녀가 혼자만의 감탄에 빠져 있을 무렵, 해당 회사를 구매 하겠다는 사람들이 벌써부터 줄을 지어 나타나기 시작했다.

삑, 삑, 삑!

여기저기서 버저가 울렸으나 이것은 현재의 입찰에는 별 도 움이 되지 않았다.

그럼에도 불구하고 버튼의 작동을 제지하지 않는 것은 이들 의 버튼 경쟁이 옥션의 분위기를 조금 더 격양시키기 때문이다.

"입찰 금액이 공개되기도 전에 줄을 선 사람들이 생겼군요.

좋습니다! 그럼 더 이상 끌지 않고 입찰 금액부터 공개하도록 하겠습니다. 피라미드 디스플레이의 입찰 최저 금액은 850억 1천 510만 원입니다."

사회자가 금액을 공개하자마자 입찰자의 숫자가 폭발적으로 늘어나기 시작하였다.

그는 첫 번째 도전자의 이름부터 호명하였다.

"245번 손님!"

"870억!"

"이야, 화끈하십니다! 무려 20억이나 올리셨군요! 하지만 이대로 회사가 팔리면 좀 섭섭하겠지요?"

첫 번째 입찰자에 이어서 버튼을 누르는 사람들 사이로 미소를 지은 탁동훈의 목소리가 들려온다.

그는 아직까지 버튼을 누르지 않은 그녀를 바라보며 물었다.

"조금 얼떨떨하시죠?"

"그렇긴 하네요. 워낙 이런 엄청난 옥션은 처음이라서 말이죠."

"누구나 처음엔 다 그렇습니다. 지금까지 한 번도 겪어본 적이 없는 일이라서 그런지 적응하는 데 시간이 조금 걸리더군요."

"그렇군요."

"아무튼 천천히 즐기세요. 굳이 입찰을 하지 않아도 구경하는 것만으로도 충분히 재미있을 겁니다."

천정부지로 오르던 입찰금은 무려 8천억 원까지 올라갔다.

이제는 어지간한 현금 부자도 사들이기 힘든 금액까지 뛰어 버렸지만 여전히 돈을 지불하겠다는 사람은 계속 쏟아져 나왔다.

그만큼 롤링모니터에 대한 기술력이 갖는 파급력이 대단하다는 소리일 것이다.

오차 범위 0%의 자율 타격 시스템은 유도미사일은 물론이고 탄도미사일의 타격 실패를 배제하고 더 나아가선 자율 타격 킬링 머신까지 개발할 수 있는 기술력이다.

만약 이러한 기술력을 모국의 국방부에서 가져가게 된다면 앞으로 무슨 일이 벌어질지 아무도 알 수가 없다.

그런 이점을 가지고 사업을 펼치면 신생 회사라도 충분히 대기업으로 성장할 수 있으니 지금 돈을 아끼는 것은 정말 바보 같은 짓이라 볼 수 있었다.

잠시 후, 사회자가 입찰의 과도한 열기를 식히기 위해 상한선을 제시하였다.

"손님 여러분의 열화와 같은 성화에 힘입어 입찰이 성황리에 진행되고 있습니다. 하지만 입찰 경쟁이 너무 과열되면 옥션의 의미가 퇴색될 염려가 있으니 지금부터 카운트 10을 세겠습니다. 열 번, 그 안에 입찰을 끝내도록 하겠습니다."

사실 사회자가 이렇게 제한을 두는 것은 단번에 금액을 끌어올려 결판을 내려는 것이다.

　이렇게 인기 있는 물건을 앞에 두고 제한을 걸어버리게 되면 단숨에 금액이 확 오르게 되어 있다.

　그렇게 되면 잔챙이는 전부 다 떨어져 나가고 정말로 물건에 관심이 있는 사람만이 살아남게 된다.

　이 상태에서 금액의 경쟁을 붙여 버리면 지금까지와는 다르게 엄청 높은 금액을 부를 수밖에 없는 것이다.

　사회자의 의도를 파악하고 있는 기업가들이지만 입찰 금액에는 위축됨이 없었다.

　"9천!"

　"158번 손님, 9천억 나왔습니다!"

　"9천 5백!"

　"9천 5백억! 또 없으십니까?!"

　"1조 원!"

　"1조 원! 대단한 금액입니다! 또 없으십니까?!"

　일반인은 상상도 할 수 없는 금액이 경매에 나왔지만 놀라는 사람은 그리 많지 않았다.

　아니, 지금도 돈을 더 쓰겠다고 줄을 서면 섰지 물러서지는 않았다.

　그만큼 이 기술력에 대한 가치가 높다는 뜻일 것이다.

그녀는 자율 타격 시스템을 가지고 갈 회사의 이름을 외워두었다가 그것을 탈취하여 삭제할 생각이다.

'아직까지 세상 밖으로 나가긴 이른 기술력이다. 도대체 어떤 미친놈이 이런 말도 안 되는 기술을 돈 주고 팔아먹으려는 거지?'

한국은 미사일 사정거리 제한을 받는 나라이기 때문에 자율 타격 시스템을 가진다고 해도 탄도미사일의 제작 등은 어려울 것이다.

더군다나 이것을 미국이나 중국에 오픈한다고 해봤자 압력만 더 받을 뿐, 지금 당장 뭘 어찌할 도리는 없었다.

그러나 이것이 미국이나 중국, 러시아 등으로 넘어가게 되면 얘기는 달라진다.

'반드시 막아야 한다.'

하지만 그녀는 이 기술력을 뒤로 빼돌리는 데 있어서 신중해야 옥션의 뿌리를 뽑을 수 있음을 잘 알고 있었다.

스칼렛은 첫 번째 입찰이 끝날 때까지 적당히 놀라는 척하며 시간을 보냈다.

*          *          *

대한민국 본토에서 상륙한 지원부대 병력이 11군단 본대와 합류하기 위해 남부로 내려가는 중이다.

하지만 그들은 본대와 합류하기 전부터 난관에 봉착하게 되었다.

현재 11군단의 사령부 주변으로 몬스터들이 우글거리고 있기 때문에 쉽사리 접근할 수 없었던 것이다.

지원부대 임시사단장을 맡은 최춘섭 준장은 참모들과 함께 본대 합류가 가능한 방법을 물색하는 중이다.

최춘섭의 귀에 가장 많이 들리는 방법은 육로가 아닌 해로의 이용이었다.

어차피 현재 11군단의 해상 병력이 주변 해상을 전부 장악하여 포격을 퍼붓고 있는 실정이니 배로 실어 나를 수만 있다면 이보다 더 좋은 방법은 없을 것이다.

하지만 문제는 현재 몬스터들이 끝도 없이 쏟아져 나오고 있기 때문에 그들로서도 별다른 조치가 불가능하다는 점이다.

아무리 해상 병력이 함포사격 등으로 지상을 타격해 봤자 몬스터들의 숫자가 전혀 줄어들 생각을 하지 않으니 이것은 해보나마나였다.

참모진은 차라리 후방에서 대기하는 것이 어떨까 하는 의견을 내놓았다.

"몬스터 사태가 조금 진정되면 그때 합류하시는 것은 어떻겠습니까?"

"맞습니다. 육로도 막혔고 해로도 비슷한 상황에서 우리가 할 수 있는 일은 그리 많지가 않습니다."

최춘섭은 부하들의 의견에 고개를 저었다.

"하지만 그렇게 되면 11군단은 고립되어서 공멸하고 말 것이다. 그럼 우리가 제주도까지 온 의미가 없어진다."

"그렇지만 그들을 구하자고 우리까지 아까운 목숨을 버릴 수는 없는 노릇입니다."

"…군인이 명령을 어기자는 말인가? 말도 안 되는 소리를 하는군."

참모들은 최춘섭이 강행 돌파를 감행할까 두려워 조금 더 자신들의 목소리에 힘을 주었다.

"부디 올바른 결정을 내리십시오. 한순간의 선택이 애꿎은 장병들의 목숨을 앗아갈 수도 있습니다."

"장군, 멀리 보십시오. 멀리 보는 것이 좋습니다."

부하들의 충언을 가만히 듣고 있던 최춘섭이 이내 결단을 내렸다.

"돌파한다."

"자, 장군!"

"어차피 11군단이 무너지면 대한민국도 무너진다. 만약 몬스터들에게 최후의 저지선을 빼앗긴다고 해도 우방국들의 병력이 상륙하여 사태는 수습할 수 있겠지. 하지만 그때는 이미 수

많은 인명이 죽고 난 이후일 것이다. 그렇다면 우리가 지금까지 싸워온 의미가 없어."

"크흠."

최춘섭은 부하들에게 물었다.

"자네들은 우리의 존재 이유가 무엇이라고 생각하는가? 그저 내 목숨 하나 챙기기 급급한 하루인가? 그저 나 하나 잘 살면 끝인가?"

"그런 의미가 아닙니다. 저희들이 살아야 장병들도 살 것 아닙니까?"

그는 참모진에게 두 가지 선택권을 주었다.

"좋다, 그럼 자네들에게 일방적인 선택을 강요하지는 않겠다. 만약 나와 함께하지 않겠다면 본토로 돌아가라."

"그건 말도 안 됩니다!"

"아니, 말이 된다. 지휘관의 재량으로 후송 병력을 본토로 보낸다면 자네들이 돌아가도 별 탈이 없을 것이다. 나를 등지고 돌아서 불명예를 안으라는 소리가 아니다. 소속감이 없는 임시 사단장의 명령에 따라 개죽음을 당할 것이라 생각한다면 과감히 돌아가도 좋다는 소리다."

"……."

"선택해라."

그는 부하들을 명령 불복종의 중죄를 저지른 범죄자로 만

들려는 것이 아니라 생사 여부를 결정짓는 아주 중요한 선택을 종용한 것이다.

만약 여기서 돌아간다고 해도 비교적 가벼운 문책 정도 받고 말 것이니 정말 목숨이 아깝다면 돌아가도 손해는 아니었다.

그러나 최춘섭의 배수의 진에 반대할 사람은 그리 많지 않았다.

"…좋습니다. 꼭 선택을 해야 한다면 군인답게 선택하겠습니다."

"자네들의 말처럼 죽을 수도 있다. 몰살을 당해 몬스터의 밥이 될 수도 있겠지."

"6.25 때에도 말도 안 되는 작전들이 일어나곤 했습니다. 군인들이 제정신에 전쟁을 치르겠습니까? 모두 다 사명감 하나로 가는 것 아니겠습니까?"

최춘섭은 자신을 따르기로 한 부하들에게 감사의 인사를 전했다.

"고맙다. 무식한 본 지휘관을 따라주어서."

"아닙니다. 명령만 내려주십시오."

촤락!

부하들이 부동자세를 취하자 최춘섭이 명령을 하달하였다.

"지금부터 남부 몬스터 출몰 지역으로의 진군을 시작한다. 우리는 지원부대이지만 전투가 불가능하지는 않다. 남진하면서 몬스터와의 교전이 벌어진다면 적극적으로 대처하면서 신속하게 본대와 합류한다."

"예, 알겠습니다!"

"현재 시각 07시 31분, 08시까지 진군 준비를 모두 마친 후 곧장 남하할 것이다. 예하 부대 지휘관들에게 부대 정비를 철저히 할 수 있도록 지시하라."

"충성!"

임시 지원 사단의 남하가 지금 막 시작되었다.

*           *           *

제주도 남부 지하 실험실 외부 방사장 서쪽 제2 구역에 카미엘의 모습이 보인다.

그는 꽉 막힌 실험실 안에서 빠져나와 입구와 가장 가까운 방사장 제2 구역에 드디어 한 발을 내디딘 것이다.

솨아아아아!

여전히 비가 억수처럼 쏟아져 내리고 있어 시계가 약간 불안하긴 했으나 오히려 그것이 카미엘에게는 득이 될 수 있었다.

몬스터는 보통 후각과 청각에 의존하여 사냥을 하는데, 지금의 경우엔 후각과 청각이 비에 가려져 제대로 기능을 할 수 없을 것이다.

그러니 카미엘이 기도비닉만 잘 유지한다면 몬스터와의 교전을 최대한 피할 수 있을 것이다.

그는 물품 창고에서 챙겨온 배낭에서 판초 우의를 꺼내 펼쳤다.

촤락!

판초 우의는 비를 막아줄 뿐만 아니라 불빛을 100% 차단할 수 있기 때문에 지도를 펼쳐 현재의 위치를 확인하는 가장 좋은 수단이다.

카미엘은 led 손전등을 켜서 지도를 독도해 나갔다.

그는 손전등을 입으로 문 채 허리춤에서 나침의를 꺼내어 방위를 잡았다.

그런 후에 지도에 표시된 지형지물 등으로 현재의 위치를 파악하여 대략적인 좌표를 산출해 냈다.

줄자로 대략 거리를 계산해 보니 앞으로 대략 5㎞만 더 가면 안전지역까지 나갈 수 있을 것으로 보였다.

그는 지도를 접어 방수포 안에 잘 갈무리한 후 배낭에서 위장 우의를 꺼내 입었다.

위장 우의는 진한 녹색으로 되어 있기 때문에 우천으로 인한 시계 장애에 스스로를 은닉하는 데 좋은 수단이 될 것이다.

카미엘은 소총의 총구를 전방을 향해 잡은 후 신속하게 보폭을 넓혀 나갔다.

사사사삭!

그는 은연중에 천하랑에게서 전해진 보법을 밟고 있었는데, 우천으로 인한 불편함을 절반쯤은 커버할 수 있었다.

잠시 후 자신의 청각을 최대한 개방한 카미엘은 전방 100미터 앞에서 들려오는 몬스터의 숨소리를 감지해 냈다.

후욱, 후욱!

카미엘은 순간적으로 걸음을 멈추고 주변에 있는 은폐물 뒤로 몸을 숨겼다.

그는 망원경을 꺼내어 몬스터의 정체를 파악하기로 했다.

적외선 센서와 야간 투시 기능이 탑재된 쌍안경 안에는 무려 20미터 크기의 거대한 몬스터가 들어 있었다.

몬스터는 온몸이 딱딱한 껍질로 이뤄져 있었는데, 네 개의 다리와 15미터에 육박하는 거대한 세 쌍의 앞발을 갖고 있었다.

앞발은 사마귀의 앞발처럼 생긴 한 쌍과 낫처럼 생긴 한 쌍, 그리고 갈고리처럼 생긴 한 쌍으로 이뤄져 있었다.

그리고 딱딱한 껍질 앞에는 악어거북의 대가리에 황소 뿔을 달아놓은 듯한 형상의 머리가 자리 잡고 있었는데, 이 앞에서 거대한 입김이 마구 뿜어져 나와 거의 안개를 방불케 했다.

"…자이언트 사우르스군."

자이언트 사우르스는 맷집은 물론이고 파괴력 역시 최강의 몬스터이다.

창과 화살은 물론이고 마법으로도 놈의 갑각을 뚫는 것이 힘들기 때문에 보병들에겐 거의 저승사자와 같은 존재이다.

카미엘이 생각했을 때 인간을 멸망으로 몰아넣는 데 가장 큰 공헌을 한 몬스터를 꼽으라면 당연히 자이언트 사우르스일 것이다.

화포와 마법이 통하지 않는 자이언트 사우르스는 인간에겐 그야말로 악몽이었던 것이다.

그런데 지금 저곳에 있는 자이언트 사우르스는 그때의 그 개체보다 훨씬 더 위협적으로 변해 있었다.

당시의 자이언트 사우르스는 앞발이 한 쌍이었고, 그나마도 몸에 비해 앞발이 워낙 작아서 공격용으로 사용하기엔 부적합하였다.

하지만 지금의 저 개체는 무려 세 가지의 공격이 가능한 앞발을 가지고 있었다.

이제는 단점이라곤 찾아볼 수 없는 완벽한 몬스터가 탄생한 것이다.

"진짜 미친놈들이군. 이렇게까지 강력한 개체를 만들어놓으면 자신들 역시 죽을 수밖에 없을 텐데."

고개를 절레절레 내저은 카미엘은 일단 놈의 구역에서 벗어나기로 했다,

지금 자이언트 사우르스 아종과 마주쳤다간 그야말로 박살이 날 수도 있기 때문이다.

슬그머니 놈의 구역에서 한 발자국 뒤로 물러난 카미엘은 산비탈 아래에 있는 협곡으로 향했다.

쏴아아아아!

지도에는 아주 작은 계곡으로 표시되어 있었지만 물이 꽤 많이 불어나 협곡으로 변해 있었다.

"산 너머 산이로군."

자이언트 사우르스는 꽤 넓은 구역을 커버하는 몬스터이니 놈에게서 안전하려면 최대한 에둘러 빠져나가는 수밖에 없었다.

카미엘은 협곡 옆에 난 아주 좁은 길을 따라서 천천히 걸었다.

휘이이잉!

앞도 제대로 보이지 않는 길을 걸어가던 카미엘은 꽤나 깊은 협곡을 발견하였다.

그는 다시 한 번 지도를 꺼내어 보았다.

"흠, 원래는 이곳이 작은 계곡이었는데 물이 불어나 협곡이 된 것이구나. 역시 정글은 무서워."

지도에는 분명 높이 5미터도 안 되는 계곡이라고 나와 있었지만 현실은 그렇지 않았다.

이래서 정글을 잘 모르는 사람은 산속에서 단 몇 시간도 버티기 힘들다는 소리가 있는 모양이다.

어찌 되었거나 자이언트 사우르스를 피하자면 협곡을 타고 내려가야 한다.

스릉!

발록 블레이드를 지팡이로 삼아 카미엘은 천천히 계곡 아래로 내려갔다.

까앙, 까앙!

땅을 칼로 찌르면서 전진하니 내려가는 데 큰 문제는 없었다.

그렇게 협곡을 타고 내려가던 카미엘은 갑자기 한 지점에 도달하여 멈추어 섰다.

협곡 한가운데에 삐져나와 있는 나뭇가지에 사람이 걸려 있는 것이다.

"연구원?"

나뭇가지에 걸린 사람은 흰색 가운을 입고 있었는데, 가슴에 연구원 신분증이 매달려 있었다.

카미엘은 그의 맥을 짚어보았다.

두근두근.

"아직 살아 있군."

그는 연구원을 나뭇가지에서 빼내어 자신의 어깨에 들쳐 멨다.

만약 이 사람의 정신이 어떻게 되지 않았다면 지금 이 상황에 대해서 충분히 물어볼 수 있을 것이다.

카미엘은 연구원과 함께 협곡의 안전한 구역으로 향했다.

**제4장**

파멸

제주도 남부 몬스터 출몰 지역 안.

쏴아아아아!

여전히 빗줄기가 거칠게 떨어져 한 치 앞을 구분할 수 없는 지경이다.

카미엘은 자신의 앞에 의식을 잃고 쓰러져 있는 연구원 지연석에게 약간의 마나를 흘려 보냈다.

스르르르릉!

마나는 자연의 진기이기 때문에 체력을 모두 소진하여 쓰러진 사람을 일으키는 데 꽤나 중요한 역할을 할 수 있다.

꽤나 미약하게 뛰던 지연석의 심장이 다시 정상으로 돌아왔다.

"흐어어어!"

"정신이 좀 드십니까?"

마나의 침투 작용으로 인해 심장박동이 정상 궤도 안으로 들어온 지연석은 깜짝 놀라 카미엘을 바라보았다.

"누, 누구……?"

"이곳에 파견되었던 용병입니다."

그는 다급한 목소리로 카미엘에게 물었다.

"모, 몬스터는……?!"

"지금 밖에 아주 난리입니다. 별의별 몬스터가 다 뛰쳐나와서 주변을 쑥대밭으로 만들고 있지요."

"아아!"

지연석은 머리를 쥐어뜯었다.

"큰일입니다! 그놈들, 아마 지금보다 훨씬 더 체계적으로 진화할 겁니다! 이대로 가만히 내버려 두면 제주도뿐만이 아니라 내륙까지 위험해져요!"

"체계적으로 진화한다고요?"

"원래 몬스터는 DNA의 일부분만을 섭취해 불특정 다수의 유전적 특이점을 취하여 진화하지만 이놈들은 다릅니다. 자신들에게 필요한 것을 경험을 통하여 깨닫고 그것을 스스로 개량하여 취득하지요."

"…그게 가능합니까? 몬스터가 무슨 연구원도 아니고요."

"그래요. 원래는 불가능하죠. 하지만 몬스터가 인간의 지식을 갖게 된다면 어떻게 될까요?"

"무슨 말씀인지 도통 모르겠네요."

"이걸 도대체 어디서부터 설명해야 할지 난감하네요."

카미엘은 자신의 배낭 안에서 담배를 꺼내어 건넸다.

"한 대 피우면서 생각해 보세요. 뭘 어떻게 해야 할지 말입니다."

"고맙군요."

지연석은 카미엘이 준 담배를 피우며 입을 열었다.

"우선 우리가 왜 이곳에 연구소를 세웠는지부터 아셔야 합니다."

"그래요. 그게 가장 궁금합니다. 도대체 어떤 누가 이런 말도 안 되는 실험실을 지은 겁니까?"

"실험실을 지은 쪽은 한국이고 이에 투자한 쪽은 미국과 중국입니다. 러시아도 일부 출자를 하긴 했죠."

카미엘은 뜻밖의 말에 놀랐다.

"저 말도 안 되는 것들을 국가에서 만들었다고요?"

"몬스터에 대항할 수 있는 가장 좋은 수단은 몬스터라고 생각했습니다. 적어도 이론적으로는 그랬지요."

"…상상 속에서나 일어날 법한 일입니다. 몬스터에 대항하는 몬스터를 만들어낸다는 것은 과학적으로 불가능해요."

"알아요. 하지만 동물행동학자들은 이것이 가능하다고 주장했습니다. 인류가 처음 가축을 보호하기 위하여 맹수인 야생 늑대를 길들여 개로 개량한 것처럼 몬스터 역시 유전적인 개량을 거치면 인간이 조련할 수 있는 개체로 거듭날 수 있다고 주장했지요."

"그러니까, 저 연구실은 몬스터의 유전자를 배합해서 가장 이상적인 몬스터를 만들어내려는 목적으로 만들어진 것이군요."

"예, 그렇습니다. 몬스터가 인간에게 복종할 수 있는 큰 그림을 그린 것이지요."

카미엘은 고개를 저었다.

"몬스터는 괴물을 넘어선 또 다른 존재입니다. 야생의 맹수들과 같이 생각하면 오산이라고요."

"우리도 처음엔 그렇게 생각했습니다. 하지만 한 개체의 탄생으로 그것이 완전히 뒤집어졌지요."

그는 자신의 주머니에서 작은 수첩을 꺼내어 카미엘에게 보여주었다.

수첩 안에는 아직 유인원의 모습을 한 고블린이 서 있었다.

"고블린과 침팬지의 DNA를 섞은 이종입니다. 고블린의 특성과 침팬지의 특성을 모두 갖추고 있죠."

"결국엔 DNA 배합에 성공한 겁니까?"

"절반쯤은 그런 셈이지요."

그는 큐브형 몬스터와 슬라임, 그리고 고블린의 DNA를 합성하여 탄생시킨 최초의 모델에 대해 설명하였다.

"이 녀석의 1세대 모델은 큐브형 몬스터와 슬라임, 고블린을 배합시켜서 만들어졌습니다. 스스로 DNA를 흡수하여 합성할 수 있는 능력이 있었죠. 하지만 한번 흡수하여 합성하면 해당 개체는 죽고 그 DNA 정보가 그대로 체세포에 남아 있어서 다음 세대로의 개량이 가능했습니다. 그렇게 총 200번의 시도 끝에 스스로 DNA 세포를 흡수하고 스스로 진화하는 최초의 자가 진화종이 탄생합니다. 그녀가 바로 최초의 유인원 몬스터 오라클입니다."

그는 장을 넘겨서 오라클의 두 번째 성장을 확인시켜 주었다.

두 번째 장에는 그녀가 점점 더 인간답게 변해 있는 모습이 담겨 있었다.

"인간의 머리카락과 손톱 등을 먹고 그 DNA를 흡수한 오라클은 점점 더 인간답게 변해갔습니다. 두 번째 진화에선 기본적인 언어를 구사하였고, 세 번째 진화에선 누가 가르쳐 주지 않아도 인간의 문화에 대해서 터득하기도 했습니다."

"자신에게 필요한 것을 취하여 진화한 것이군요."

"그래요. DNA를 개량하여 인간의 생활양식은 물론이고 그 생각까지 닮아가게 된 겁니다."

"흥미로운 일이군요."

"하지만 문제는 그녀가 똑똑해지면 질수록 인간의 통제를 벗어나는 행동을 자주 하게 되었다는 점이죠."

지연석은 그녀가 최근에 흡수한 몬스터들의 사진을 보여주었다.

사진 속에는 비홀더와 홀드아이의 모습이 들어 있었다.

"비홀더, 홀드아이 모두 공기나 입자, 뇌파의 파동으로 적을 유인하거나 기망하는 개체입니다. 때론 뇌파로 몬스터와의 교감도 가능하지요. 그녀는 비홀더와 홀드아이의 DNA를 섭취하여 몬스터를 지배하기 시작합니다. 처음엔 우리가 요구하는 것을 수용하여 몬스터들을 통솔하고 지휘하면서 긍정적인 반응을 보였습니다. 하지만 그녀는 자신의 절대적인 권위에 대해 깨닫게 되었습니다. 그리고 인간의 DNA를 끊임없이 섭취하면서 그들이 가진 고등 지식까지 겸비하게 되었습니다."

"결국 스스로 몬스터의 왕이 되기로 결심한 것이군요."

"몬스터가 이 세상을 멸망시킬 뻔한 것을 생각하면 최악의 폭군, 정복자가 탄생한 겁니다."

그는 마지막으로 찍힌 오라클의 사진을 카미엘에게 보여주었다.

카미엘은 그녀가 자신이 본 그 몬스터의 지휘관이었다는 것을 알 수 있었다.

"그래요. 이 여자가 몬스터들을 통솔하는 것 같더군요."

"이곳에는 엄청난 숫자의 몬스터가 있었습니다. 우리는 이것들을 통하여 종의 다양성을 확보하고 그녀를 조금 더 완벽한 개체로 만들기 위해 노력했습니다. 그 결과 그녀에겐 완벽한 군대가 생겨났지요. 종과 종의 특성을 섞어서 새로운 종을 만들어내고 스스로 필요한 종을 개량하는, 그야말로 자가연구소가 생겨난 것입니다."

"으음, 그래서 자이언트 사우르스의 앞발이 세 개나 붙은 것이군요."

"그녀는 스스로 DNA를 저장할 수 있는 수단을 만들었습니다. 슬라임과 도마르프 딱정벌레의 DNA를 합성하여 자신이 가진 DNA 정보를 그대로 계승하고 그들을 서로 교배시키고 교차하여 새로운 정보를 얻어냈습니다. 그 결과 지금과 같은 아종들이 탄생하게 된 것이고요."

"결국 인간이 조종할 수 있는 몬스터를 만들어내려다가 도리어 파멸을 자처하게 된 것이군요."

"멍청한 짓이었습니다. 정말 지금 생각하면 어처구니가 없지요."

카미엘은 자책하는 그를 위로하기보다는 새로운 해결책을 제시하였다.

"지금이라도 늦지 않았습니다. 오라클을 막을 수 있는 방법을 찾아봐야 하지 않겠어요?"

"…그래요. 오라클을 막을 수 있는 방법을 고안해야지요."

"방법이 있겠습니까?"

"한 가지 방법이 있기는 있습니다."

그는 단순하면서도 어려운 방법을 제시하였다.

"집단 폐사입니다."

"……!"

"저놈들은 DNA 합성을 통하여 새로운 종을 만들어냅니다. 그리고 한 우두머리를 통하여 DNA의 최신 정보를 제공 받고 그녀를 토대로 하나의 유기체처럼 뭉칩니다. 앞으로의 미래를 생각하면 아주 합리적인 방식이긴 하나 그것이 가장 큰 맹점이 될 수도 있습니다. 만약 AI와 같이 몬스터에게 치명적인 바이러스 하나만 퍼져도 이놈들은 다 같이 폐사합니다."

"하나의 유기체이니 바이러스 한 방이면 정말 모든 것이 끝나겠군요."

"이론적으론 그렇습니다."

"하지만 몬스터를 집단 폐사시킬 바이러스라면 이미 인간이 그것을 사용해서 화학전으로 끝을 보지 않았을까요?"

"바이러스의 감염으론 불가능합니다. 하지만 제가 앞서 말씀드렸다시피 합리적인 종족의 발전이 맹점이 될 수도 있지요."

그는 조금 다른 방식으로 접근하였다.

"유전자 결합을 통하여 성장하는 만큼 유전자 결함을 일으키는 인자가 투여되면 이들은 단 한 방에 끝입니다."

"예를 들면요?"

"중증복합면역결핍증이나 혈우병 같은 것이지요. 유전병은 일반적으로 전염이 되지 않습니다. 하지만 저놈들처럼 DNA 정보를 공유하고 그것을 각 개체에게 소프트웨어처럼 업데이트하는 경우라면 얘기가 다릅니다."

그의 의견은 상당히 솔깃하지만 한 가지 치명적인 단점이 있었다.

"하지만 그런 DNA를 어떻게 놈에게 옮긴단 말입니까?"

"잠복이지요."

"잠복?"

"우월한 능력을 가진 유전자처럼 보이지만 잠정적으로 유전병을 가진 DNA도 있습니다."

"유전 인자는 가지고 있지만 발병은 되지 않은?"

"바로 그겁니다."

"방법은 있습니까?"

"미끼를 던지는 거죠."

"미끼라……."

"그녀가 탄생한 것처럼 저 역시 몬스터의 DNA 합성과 유전병 DNA 합성을 이용해 유전병을 가진 인간으로 재탄생할 수 있습니다."

"……?"

고개를 갸웃거리는 카미엘에게 그가 씁쓸하게 웃으며 말했다.

"그녀는 저를 흡수하여 자신이 조금 더 완벽한 개체가 될 수 있다고 믿습니다. 저에게는 종의 다양성을 확보할 지식이 있습니다. 그것을 흡수하기 위하여 저를 아직도 죽자 사자 쫓아다니고 있는 것이고요."

"그러니까 유전자 배합으로 유전병에 걸린 DNA를 흡수하여 스스로 보균자가 된 후에……."

"흡수를 당하는 겁니다."

카미엘이 화들짝 놀라 되물었다.

"그럼 당신은 죽어요!"

"압니다. 하지만 제가 싸놓은 똥이니 제가 치워야지요. 저는 각오가 되어 있습니다. 만약 제가 그녀를 처리하지 못한다면 죽어서도 제대로 눈을 감지 못하겠지요."

"흠……."

그는 카미엘을 재촉하였다.

"시간이 없습니다. 저를 도와줄 수 있는 기관이 있다면 한시라도 빨리 찾아가야 합니다. 그래야 우리 모두가 살 수 있습니다."

카미엘은 고개를 끄덕였다.

"좋습니다. 그런 숭고한 정신이라면 제가 기꺼이 돕도록 하지요."

"고맙습니다!"

"하지만 저로서도 성공은 장담할 수 없습니다."

"알아요. 그렇지만 시도는 해볼 가치가 있다고 생각합니다."

"그래요. 한번 해봅시다."

카미엘과 지연석은 두 손을 맞잡았다.


*　　　　　*　　　　　*


시크릿 옥션 에펠트의 열세 번째 경매가 진행되는 중이다.

사회자는 열세 번째 큐카드를 프로젝터 위에 살며시 올려놓고 설명에 들어갔다.

"이번 물건은 거의 메인이벤트라고 보셔도 무방할 것 같습니다."

그는 레이저 포인터로 큐카드 위의 회사 이름을 지목하면서 말을 이어나갔다.

"데브릴 생명과학, 아마 인터넷이나 주식시장 지라시를 통하

여 한 번쯤은 들어보았을 겁니다. 최근 줄기세포를 이용한 각
종 생명공학이 이슈가 되고 있는데, 데브릴 생명과학은 단연 독
보적인 행보를 보여주었습니다."

사회자는 데브릴 생명과학이 개발 중에 있다는 DNA 합성 기
술에 대해 설명하였다.

"데브릴 생명과학은 특성 개체의 DNA를 추출하여 타 개체에
게 이식하는, 이른바 'DNA 이식 수술'의 이론을 정립하였습니
다. DNA 이식 수술, 이를테면 인간의 몸에 몬스터의 DNA를 삽
입해 돌연변이를 일으켜 새로운 개체를 탄생시킬 수 있다는 소
리지요."

"······!"

"아마 인터넷 기사에는 그저 DNA의 특성 세포를 신체에 이
식시켜 생겨나는 세포분열을 사용한다고만 나와 있을 겁니다.
하지만 이것은 빙산의 일각에 불과하지요. DNA 이식은 전혀
새로운 인류를 탄생시킬 수 있는 밑거름이 될 겁니다."

스칼렛은 사회자의 멘트를 가만히 듣고 있다 보니 뭔가 좀
이상한 것을 깨닫게 되었다.

지금까지 열세 번의 경매가 진행되는 동안 그가 늘어놓은 회
사들은 하나같이 최근 몬스터 창궐 사건과 깊은 관련이 있었
다.

그들은 몬스터가 창궐하는 바람에 회사가 소송에 휘말리거

나 투자 실패 등을 겪어 도산 위기에 빠져 있었던 것이다.

그러니까, 이 옥션에서 판매하는 물건들이 전부 그녀가 조사한 사건과 밀접한 관련이 있는 셈이다.

그녀는 에펠트 옥션이라는 이곳이 어쩌면 그 모든 사건을 일으켰을지도 모른다고 생각했다.

'리스크 머니와 기업 사냥을 동시에 겨냥할 수 있는 조건이라니, 생각보다 신박한 놈들이군.'

스칼렛은 만약 자신의 예상이 맞는다면 이들은 조금 더 조직적이고 거대한 몸집을 가지고 있을 것이라고 생각했다.

왜냐하면 얼마 전까지 일어난 사건들의 규모가 단순한 점조직들이 일으킬 수 있는 규모가 아니었기 때문이다.

아마도 작정하고 클라이언트들을 모집하고 일련의 사건을 터뜨린 후 그에 따라 도산하게 되는 회사를 중간에서 가로채어 이득을 냈을 것이다.

만약 이것들이 성공하게 되면 놈들은 일반인은 상상조차 할 수 없는 돈을 만지게 될 것이다.

그녀는 이 에펠트 옥션이라는 것이 얼마나 위험한 것인지 이제야 감을 잡을 수 있게 되었다.

스칼렛은 경매가 끝날 때까지 천천히 기다렸다가 새벽 다섯 시가 되어서야 자리에서 일어섰다.

지금까지 자리에 앉아 박수를 치면서 구경하는 척한 스칼렛은 탁동훈에게 거짓 감상을 전하였다.

"정말 재미있네요. 흥미로운 정보도 다수 얻을 수 있었고요."

"그렇죠? 굳이 옥션에 참여하지 않아도 꽤 쏠쏠한 정보를 얻을 수 있어서 좋지요?"

"물론이죠. 세상에 이런 옥션이 있는 줄 알았다면 돈 좀 넉넉하게 챙겨올 걸 그랬어요."

"하하, 돈이 문제였다면 말씀을 하시죠. 이곳에선 신용으로 돈을 빌려주기도 합니다. 만약 공금을 사용해서 회사를 인수해야 한다면 돈세탁도 해주고요. 물론 수수료가 좀 세서 부담이 되긴 하지만요."

옥션에서 돈세탁까지 해준다는 것이 놀랍긴 하지만 이들의 능력을 생각하면 그다지 놀라운 일도 아니었다.

공격적 인수 합병을 이렇게까지 다채롭게 설계하는 사람들이 자금 세탁을 위한 유령 회사를 만드는 일쯤은 식은 죽 먹기일 터였다.

그녀는 탁동훈에게 자신의 감상과 함께 술자리를 제안하였다.

"너무 즐거운 밤이었어요. 만약 괜찮다면 함께 술이라도 한잔 더 할까요?"

"술이요? 사주시는 겁니까?"

"당연하죠. 이런 대단한 구경을 시켜주셨는데 술 한잔 사는 것이 뭐 그리 어려울까요?"

"아아, 그럼 그럴까요?"

그는 스칼렛에게 자신의 차로 동행할 것을 제안하였다.

"제 차로 가시죠. 스칼렛이 타고 온 차는 알아서 숙소까지 가져다 줄 겁니다."

"그래도 괜찮을까요?"

"만약 불편하다면 본인의 차량을 타고 이동하셔도 좋습니다."

스칼렛이 일반인이었다면 스스로의 차량을 타고 이동하는 것을 고려해 보았겠으나 그녀는 세상 무서울 것이 없는 여자이다.

그녀는 탁동훈에게 자동차의 스마트키를 건넸다.

"좋아요. 그럼 탁송을 맡겨주시겠어요?"

"알겠습니다. 잠시만 기다려 봐요."

탁동훈은 지나다니는 옥션 관계자 한 명을 붙잡고 그녀의 차를 숙소까지 가져다 줄 것을 요청하였다.

관계자는 그녀에게 숙소의 위치를 물었다.

"숙소가 어떻게 되시죠?"

"서울 그랜드 베른 호텔입니다."

"잘 알겠습니다. 키는 손님 앞으로 맡겨두겠습니다."

"고맙군요."

이제 차량을 탁송에 맡긴 두 사람은 옥션을 나서서 술자리로 향하였다.

*             *             *

옥션에서 나온 지 30분째, 탁동훈은 그녀를 데리고 꽤 먼 곳
으로 차를 움직이고 있다.

강남의 클럽을 나와 30분쯤 달리니 이제는 슬슬 서울의 끄트
머리가 보이려고 한다.

때마침 새벽이라 차량도 잘 다니지 않아 서울을 관통하는
데 그리 오랜 시간이 걸리지 않은 것이다.

"좋은 곳으로 가는 모양이죠?"

"아마 도착하면 굉장히 마음에 들어하실 겁니다. 아주 다정
한 친구들도 꽤 있거든요."

"지금 이 시간에 그런 술자리가 있어요?"

"제가 친구들에게 스칼렛에 대한 얘기를 좀 해두었어요."

"아, 그래요?"

탁동훈은 술자리에 대한 얘기를 늘어놓았다.

"제 친구 중에는 일본 야쿠자에서 굴러먹던 놈도 있고 러시
아 마피아에서 이름깨나 날리던 놈도 있습니다. 생긴 것은 무슨
불곰처럼 생겨선 하는 짓이 아주 골통들이지요. 한번 열받으면
사람 하나 죽이는 것은 일도 아닙니다."

"재미있는 친구들이네요."

스칼렛은 탁동훈의 얼굴을 똑바로 응시한 채 말했다.

"그런데 동훈 씨, 나를 그곳으로 데리고 가면 아마도 재미없는 일이 벌어질 것 같은데요?"

"그게 무슨 소리입니까?"

"에이미였다면 당신들의 그 친구들이 있는 곳까지 순순히 따라갔겠죠. 하지만 스칼렛은 그렇지가 않아요."

순간, 탁동훈의 얼굴이 살짝 일그러졌다.

"…어떻게 알았지?"

"결정적인 실수를 했더군요. 내 이름은 분명 에이미라고 말했을 텐데요."

탁동훈은 그녀의 답변에 실소를 흘렸다.

"후후, 그랬나요? 내가 요즘 정신이 하도 없어서 이름이 헷갈리곤 해요. 더군다나 당신처럼 이름이 두 개인 여자를 상대할 때엔 더더욱 그렇지요."

"부정하진 않네요."

"부정을 해서 뭐 하겠습니까? 이미 당신에 대한 파악이 다 끝난 상태인데."

아무래도 탁동훈은 어제 하루의 말미를 이용하여 그녀의 신상 정보를 모두 파악한 모양이다.

그녀가 프로 의식을 가지고 접근했다곤 해도 탁동훈은 여전히 의심의 끈을 놓지 않고 있었던 것이다.

"처음엔 그냥 좋은 손님으로만 생각했습니다만, 당신의 뒷조사를 하다 보니 아주 재미있는 사실들이 발견되더군요."

"흐음, 제 뒷조사라⋯⋯. 쉽지 않은 일인데 어찌 해내셨지요?"

"후후, 당신의 말처럼 쉽지는 않았습니다. 세상에 이중 국적도 아니고 사중 국적을 가진 사람이라니, 게다가 진짜 그 나라에 거주하고 있어서 여권도 위조한 것이 아니더군요. 대단해요. 한마디로 주민등록증이 네 개나 있는 거잖아요?"

그녀는 어깨를 으쓱거렸다.

"그 정도는 기본이죠. 요즘 세상에 누가 단일 국적으로 이 바닥에서 일하나요? 기본적으로 열 개 정도는 가지고 있어야지."

그는 짐짓 놀라는 척하며 되물었다.

"허어, 열 개나 돼요?"

"당신이 조사한 것들은 전부 허울에 불과합니다. 내가 어떤 조직에서 일하는지, 그리고 어떤 과거를 가졌는지 알지 못하잖아요?"

"후후, 그래요. 당신이 어떤 기관에서 일하는지 알 수는 없습니다. 다만 최근에 유엔에서 이름이 자주 거론된 것만큼은 확인되었지요."

스칼렛은 그에게 박수를 보냈다.

짝짝짝!

"이야, 대단해요. 내가 유엔에서 일하는 것까지 알아내셨어요?"

"기본이죠. 사람 뒤를 밟는데 이 정도는 해야 하지 않겠어요?"

"대단한 정성이네요."

이윽고 그녀는 핸드백에서 권총을 꺼내 들었다.

철컥!

스칼렛은 권총을 그의 머리에 들이밀며 말했다.

"자, 그럼 페달에서 발을 떼고, 천천히 두 손을 머리 위로 들어 올려볼까?"

"후후, 정말 나를 감당할 자신 있어요? 진심으로?"

"그거야 내가 할 말이고. 당신이야말로 나를 감당할 수 있겠다 싶어서 접근한 건가요?"

"감당할 수 없다면 죽여야지, 뭐."

순간, 핸들을 잡은 그의 손이 확 돌아가면서 차량의 이동 방향을 좌로 꺾어버렸다.

끼이이이이익!

스칼렛은 순간적으로 균형을 잃고 말았으나, 이내 다시 권총을 들어 그의 관자놀이를 겨누었다.

철컥!

그러나 그는 이미 권총이 자신을 향할 것을 계산하고 있었다.

총에 대항하기 위하여 꺼내 든 그의 잭나이프가 그녀의 손등을 일자로 그어버렸다.

서걱!

"으윽!"

"모든 일에는 각이 중요한 법입니다. 각도를 벗어난 공격은 무의미하다고 볼 수 있죠."

그는 떨어진 총에는 신경도 쓰지 않고 오로지 칼로 그녀를 끝내 버려야겠다고 생각했다.

탁동훈은 그녀의 목덜미에 잭나이프를 꽂기 위하여 나이프를 거꾸로 잡았다.

휘릭!

그러자 그녀는 두 손으로 그의 팔을 잡고 온 힘을 다해 몸을 좌로 비틀어 버렸다.

뚜둑!

"끄으으윽!"

"제아무리 칼잡이라고 해도 어깨가 강철로 되어 있지는 않겠지!"

그녀는 아예 두 다리를 들어 그의 어깨에 걸치고 몸을 뒤로 젖혀서 팔을 꺾어버렸다.

뚜두두두둑!

"끄아아아악!"

"나를 감당할 수 있는 남자는 드물어요. 제아무리 실력이 좋은 암살자라고 해도 말이죠."

이윽고 그녀는 두 다리를 위로 들어 올린 후 축 늘어진 그의 팔을 바짝 끌어당김과 동시에 다리를 삼각형으로 접어 목덜미에 걸었다.

쩌드드드득!

그러자 그의 얼굴에 압력이 가해지면서 서서히 안색이 새파래지기 시작했다.

"우우우우욱!"

"사람이 좋은 말로 하면 듣는 버릇이 있어야 하는데, 네놈은 그런 기미가 보이지 않는군."

잠시 후, 그녀의 앞에 놀라운 광경이 벌어졌다.

"…이년이 사람을 아주 졸로 보는군!"

우드드드드득!

흐물거리던 팔이 이내 힘을 받더니 갑자기 멀쩡한 팔로 돌변하기 시작한 것이다.

금세 단단해진 팔은 그녀를 힘껏 들어 올려 바닥에 내팽개쳐 버렸다.

쿠웅!

"으허윽!"

"오늘 아주 물고를 내주마!"

그녀의 몸이 한차례 충격을 받고 나자 그는 다시 의자에 떨어져 있던 나이프를 주워 그녀의 목덜미 부근을 향해 크게 휘둘렀다.

부웅!

순간, 스칼렛은 동물적인 감각을 동원하여 그의 공격을 아주 아슬아슬하게 피해냈다.

그 탓에 나이프가 차량 의자에 틀어박혀 그는 헛손질을 할 수밖에 없었다.

스칼렛은 그의 팔을 발로 차면서 생긴 반동을 이용하여 몸통으로 차량을 들이받아 버렸다.

콰앙!

그녀의 어깨에 맞은 유리창이 산산조각 나면서 스칼렛의 신형이 달리던 차에서 떨어져 나갔다.

무려 시속 80㎞로 달리던 차 안에서 떨어져 내렸다는 것은 십중팔구 죽음을 암시하는 상황이다.

그렇지만 스칼렛은 그 열의 하나에 해당되는 대단한 여자였다.

차에서 떨어져 나온 그녀는 운이 좋게도 도로 주변에 있던 가로수공원 수풀 지대로 떨어져 나뭇가지의 도움을 받을 수 있었다.

덕분에 놈의 시야에서 벗어났을 뿐만 아니라 목숨까지 건질 수 있게 되었다.

그러나 나뭇가지에 이리저리 치이면서 굴러 뼈마디 몇 군데
가 부러지거나 살이 뜯기는 등의 부상을 입는 것은 어쩔 수 없
는 일이었다.

촤락, 촤락!

"으윽!"

잠시 후, 그녀의 몸이 결국엔 잔디밭에 떨어져 내렸다.

쿵!

스칼렛은 잔디밭에 떨어져 내림과 동시에 낙법을 썼지만 이
미 뼈마디가 부러져 있던 터라 한차례 복합골절이 일어났다.

우드드득!

"끄으으으으윽!"

뼈와 뼈가 어긋나면서 근육이 파열되었고, 그 영향으로 인해
살가죽까지 벗겨져 출혈까지 생겨났다.

만약 이대로 시간이 조금만 더 지체된다면 그녀는 죽은 목숨
이나 다름없었다.

스칼렛은 상의 속주머니에 들어 있던 모르핀 상자를 꺼내어
그것을 다리에 주사하였다.

푸욱!

"으으, 으으!"

복합골절로 인한 상처는 맨살을 메스로 개봉하는 것보다 훨

씬 더 고통스럽기 때문에 가만히 누워 있는 것만 해도 비명이 절로 나올 수밖에 없다.

그러나 그녀는 모르핀으로 일부 고통을 줄여준 후 사람들이 자신을 발견할 수 있는 위치까지 기어갔다.

뚜둑, 뚜둑!

한 발자국을 뗄 때마다 뼈가 뒤틀리는 느낌이 들었지만 그녀의 생존 본능은 고통을 압도하였다.

결국 그녀는 도로 순찰차가 지나다니는 길목까지 갈 수 있었다.

"사, 살려주세요!"

순찰차는 피투성이가 된 채로 누워 있는 그녀를 보자마자 차를 세웠다.

경찰은 황급히 차에서 내려 그녀의 상태부터 살폈다.

"괜찮아요?!"

"…아니요. 전혀 안 괜찮군요."

"구급차, 어서 구급차를 부르자고!"

운이 좋게 경찰까지 만나 목숨을 건진 그녀는 이내 정신을 놓고야 말았다.

\*　　　　\*　　　　\*

이른 아침, 카미엘과 지연석이 협곡 끄트머리에 당도해 있다.

솨아아아아!

여전히 빠른 물살을 따라 흘러내리는 협곡 바위지대 틈바구니에 자리를 잡은 카미엘에게 무전이 날아들었다.

—파앗! 여기는 둥지! 팬텀, 팬텀, 연락 응답 바람!

본부에서 팬텀을 찾는 광대역 무전이 날아들자 반대편에서 누군가가 대답하였다.

—여기는 팬텀.

—…살아 있었나?!

—당소, 솔로몬이다. 다른 기수들은 현재의 위치를 찾기가 힘들다. 대부분 건물 안에서 길을 잃은 것 같다.

—안타까운 일이군.

카미엘은 재빨리 무전기를 잡았다.

"여기는 발록, 현재 안전지대 바로 앞에서 대기 중이다. 현재 상황은 어떠한가?"

—발록! 살아 있었군. 현재 본진은 한차례 몬스터의 공습을 막아낸 후 재정비를 갖추는 중이다. 몬스터의 세 방향 공격으로 초토화가 될 뻔했으나 병사들의 기지로 위기를 잘 버텨냈다.

"다행이로군"

이제 카미엘은 자신에게도 기회가 왔다고 생각했다.

"연구소의 관계자와 접촉하였다. 지금 그에게 몬스터를 말려

죽일 아주 좋은 방책이 있다고 한다."

―그게 사실인가?

"정확한 것은 사령부에서 다시 상의하도록 하자."

―알겠다. 솔로몬은 지금 당장 본진으로 합류할 수 있도록. 나머지 기수들은 전투가 모두 끝난 후에 찾는다.

―…그렇게 하겠다.

부하들을 내팽개치고 돌아가는 솔로몬의 마음이야 무겁겠지만 지금은 사건의 원인부터 차근차근 해결하는 것이 훨씬 더 중요한 시기였다.

카미엘은 지연석을 데리고 11군단 임시 사령부로 향했다.


11군단 임시 사령부는 지연석의 얘기를 쉽사리 믿으려 하지 않았다.

"…스스로 진화하는 생명체라……. 믿기 힘든 얘기로군."

"하지만 사실입니다. 현재의 전투 상황을 한번 보십시오. 우리가 지금까지 보아온 몬스터와는 차원이 다르지 않습니까?"

"흠……."

특히나 11군단장 백성식 중장은 더 이상 부하들의 목숨을 가지고 도박을 벌일 수 없기에 신중에 신중을 기하는 모습이다.

그렇지만 지금이라도 승기를 잡을 수 있다면 무슨 일이든 해봐야 하는 것이 도리였다.

"좋아, 만약 자네의 말이 사실이라고 치세. 그렇다면 우리가 뭘 어떻게 해줘야 하는가?"

"중증 합병성 면역 결핍을 가진 환자 중에서도 아주 심각한 사람을 찾아내어 샘플을 채취해야 합니다. 그리고 슬라임과 큐브형 몬스터의 DNA도 필요하고요."

"그리고 또?"

"현재는 백신이 개발되었지만 쉽게 치사에 이를 수 있는 병원균을 확보하는 것이 중요하겠지요."

"그렇군."

지연석은 11군단의 지휘관들에게 물었다.

"이것이 도박이라 생각한다면 우리에게 미래는 없습니다. 언제까지 그녀와 싸워 이길 수 있으리라 생각하십니까? 저들은 끝이 없는 무한대의 몬스터들입니다. 우리가 쉽사리 이길 수 있는 놈들이 아니라는 소립니다."

"…쉽지 않은 일이군."

백성식은 부하들의 걱정을 뒤로한 채 결단을 내렸다.

"김두이 선생."

"예, 장군."

"자네가 솔로몬과 함께 지연석 씨를 도와주시게. 유엔을 통해서라면 아마 하루 이틀 내로 모든 것을 끝낼 수 있을 걸세. 그동안 우리는 이곳을 사수하고 있겠네."

"결단을 내리신 겁니까?"

"결단이나마나 저런 숭고한 희생정신을 어째서 의심하겠나? 다만, 더 이상 사람이 죽는 것을 원치 않을 뿐이네."

지연석은 고개를 내저었다.

"그냥 죽는 것이 아닙니다. 저는 저놈들과의 싸움에서 승리하는 겁니다. 그리고 끝내는 스스로의 명예를 되찾는 일이기도 하고요."

"고맙소. 그리 마음을 먹어줘서."

이제 백성식은 부하들에게 명령을 하달하였다.

"지금부터 우리는 빈틈이 없는 수비를 이어나간다. 그리고 저 세 사람이 이곳을 빠져나갈 수 있도록 최선을 다해서 도와주도록."

"예, 알겠습니다."

앞으로 남은 것은 모든 일이 술술 잘 풀리도록 기도하는 것밖에 없었다.

**제5장**

사연

미국 로스엔젤리스 주립대학으로 유엔 조사단 소속 용병단 실버 나이프의 수장 솔로몬이 찾아왔다.

솔로몬은 LA주립대학교병원 제1 내과 교수 줄리아 보나첼리 박사와 함께 병동을 돌아다니는 중이다.

그는 방진복에 마스크를 착용한 채 차트를 들고 있었다.

줄리아는 유리창 너머로 보이는 환자들을 바라보며 솔로몬에게 말했다.

"지금 보시는 케이스들이 베어림프구증후군을 앓는 소아들입니다. 복합면역증후군의 한 종류로 주조직적합복합체 class I 항원에 이상이 생겨서 발생하는 희귀 질환입니다. 면역증후군 자체가 수십만에 한 명씩 보일까 말까 한 케이스인데, 베어림프구증후군은 더욱 희귀한 질환이지요."

"무슨 소리인지는 몰라도 상당히 힘든 병이라는 것만큼은 확실하군요."

"네, 맞아요."

솔로몬은 중증 합병성 면역 결핍 장애를 앓고 있는 영아나 소아, 혹은 성인들을 대상으로 다양한 샘플을 채집할 예정이다.

중증 합병성 면역 결핍 장애 자체가 난치성 질병이긴 하지만 이미 효과적인 치료 방법을 찾은 케이스가 꽤 있고 그렇지 않은 병들이 있다.

중증 합병성 면역 결핍 장애는 면역 세포가 제 기능을 못하거나 아예 없기 때문에 인체에 지대한 영향을 주지 못하는 바이러스나 세균, 진균 등에 의해서 목숨을 잃을 수가 있었다.

또한 인체에 무해한 세균이나 바이러스로도 목숨을 잃을 수 있었다.

실버 나이프에선 50개 이상의 샘플을 채취하여 완벽한 중증 합병성 면역 결핍 장애를 만들어낼 계획이다.

그렇기 때문에 최대한 다양한 케이스의 환자들과 접촉하여 샘플을 채취할 필요가 있었다.

그녀는 슬그머니 한 환자의 프로필을 꺼내어 솔로몬에게 내밀었다.

"아이린 버스필드, 나이는 올해로 네 살이에요. 현재 베어림 프구증후군을 앓고 있고 면역글로불린 치료를 받고 있지요. 하지만 근본적인 치료를 위해선 조혈 세포 이식이 꼭 필요합니다."

"으음……."

"하지만 지금 당장 면역 치료를 할 돈이 없어서 무균실에서 지내고 있습니다만, 그마저도 값이 비싸서 병원에서 나가야 할 판이죠."

솔로몬은 이 병원에서 실험용 샘플을 채취하는 조건으로 실험 대상자에게 치료비를 지원해 줄 것을 약속했다.

줄리아는 아이린의 사정이 딱하다는 것을 익히 잘 알고 있었기 때문에 솔로몬에게 프로필을 건넨 것이다.

"이 환자, 병의 경중으로 따지자면 순위가 몇 위나 됩니까? 1위에서 10위까지 따져본다면요."

"한 3위쯤 되지요."

"그렇군요."

희귀병 중에서 경중을 따지는 것이 어불성설이긴 하지만 그래도 이왕이면 놈들을 한 방에 보내 버릴 DNA가 좋을 것이다.

솔로몬은 아이린의 프로필에 파란색 도장을 찍었다.

쿵!

"오늘 당장 이 환자의 보호자에게 연락을 넣어주세요. 제가 만나서 실험에 대한 얘기를 해봐야겠습니다."

"그래요! 잘 생각한 거예요! 안 그래도 아이린의 어머니가 병원비 때문에 고생이 이만저만이 아닌데 잘되었네요!"

솔로몬은 마치 자신의 일인 양 기뻐하는 그녀를 바라보며 말했다.

"아이린의 집안이 그렇게 힘든가요? 주치의가 뛸 듯이 기뻐할 정도로?"

"네, 맞아요. 만약 입장을 바꿔서 제가 아이린의 어머니였다면 하루를 버티는 것도 힘들었을 거예요."

"음……."

"아무튼 연락은 취해놓을게요."

"그럽시다."

솔로몬은 첫 번째 샘플을 제공할 환자를 찾아냈다.


*                    *                    *


LA 번화가 뒷골목에 어둠이 내렸다.

빰빠바바밤!

꽤 낡은 재즈 바에 솔로몬이 들어섰다.

그는 바의 주인장인 중년 여자에게 사진 한 장을 보여주며 말했다.

"이런 남자가 자주 온다던데, 얼굴 좀 볼 수 있겠소?"

"아아, 네이튼?"

"아는 사람이오?"

"알다마다. 만날 계집질에 도박에, 아주 이 동네에선 꽤 유명한 사람이지."

"흠."

"이런 사고뭉치를 굳이 보고 싶다니 특이한 사람이네."

그녀는 손가락으로 바의 구석을 가리키며 말했다.

"저곳으로 가봐요. 몇몇이 포커를 치고 있는데, 아마 오늘도 판에 끼어 있을 걸요?"

"그렇군."

솔로몬은 사진 속의 남자를 찾아 재즈 바 구석으로 향했다.

재즈 바 구석에선 두 테이블 정도가 포커를 하고 있었는데 칩은 없고 전액 현금으로 도박을 즐기고 있다.

하지만 어떤 도박판이든 도박을 순전히 즐기는 사람은 그리 많지가 않다.

솔로몬이 도박판에 당도하자마자 그곳에서 큰 소리가 들려오기 시작했다.

"…이 새끼가 진짜 죽고 싶나?! 어이, 내가 개 호구로 보이냐?! 앙?! 어떻게 연속으로 풀하우스가 두 번이나 나와!"

"쯧, 멍청한 놈. 원래 도박이라는 것이 확률로 치는 건데 풀하우스가 뜰 수도 있고 개패가 뜰 수도 있는 거지. 네놈이 확률 계산도 못 하고 무작정 돈을 밀어 넣으니 이런 사태가 벌어지는 것 아니냐?"

"뭐야?!"

자리를 박차고 일어선 남자는 한 덩치 하는 사람이긴 했지만 그와 마주한 사람들은 그보다 한 술 더 뜨는 남자들이었다.

팔뚝의 굵기가 어지간한 여자 허리보다 더 굵은 그들이니 잘 못 덤볐다간 뼈도 못 추릴 것으로 보였다.

그러나 도박에 눈이 뒤집힌 사람에게 앞뒤 가릴 분별력이 있을 리가 없다.

네이튼은 도박판을 확 뒤집어엎어 버렸다.

촤락!

"이런 개새끼들! 내 돈을 그냥은 못 준다!"

"…미친놈이 또 지랄이네. 술만 처마시면 아주 개가 된다니까! 이래서 네이튼 이놈을 판에 끼우기 싫었던 거야."

"시끄러워! 내 돈, 내 돈 내놔!"

"썩 꺼지지 못해? 한 번만 더 지랄하면 총으로 대가리를 확 쏴버리는 수가 있어!"

"흥! 쏴라! 차라리 대가리에 바람구멍이 나고 말지!"

한차례 실랑이가 벌어지는 가운데 솔로몬이 네이튼의 곁으로 다가갔다.

"나 좀 봅시다."

"…넌 또 뭐야?!"

"아이린의 아버지 되시오?"

네이튼은 솔로몬은 쳐다보지도 않은 채 답했다.

"아이린?! 그년은 왜?! 병원비가 모자란다고 또 나를 찾나?!"

"그런 것은 아니요. 그냥 제안할 것이 좀 있어서 왔소."

그는 귀찮다는 듯이 솔로몬을 옆으로 밀어냈다.

"…그냥 좀 꺼지지? 지금 내 기분이 별로 좋지가 않거든?"

"기분이 좋지 않다고 딸내미 병원비 지원에 대한 소리도 그냥 씹어 넘길 수는 없는 것 아니오?"

순간, 네이튼의 고개가 옆으로 살짝 돌아갔다.

"병원비?"

"그렇소. 내가 당신의 딸이 제대로 된 치료를 받을 수 있도록 도와줄 수 있소."

솔로몬이 유엔 조사단의 명함을 내밀자 네이튼이 관심을 갖기 시작했다.

"험험! 유, 유엔?! 유엔에서 무슨 일로 그 애새끼의 병원비를 대준다는 건데? 혹시 인신매매 아니야?"

"…유엔이 무슨 해적이오? 뜬금없이 무슨 인신매매요?"

"그럼 뭐야? 갑자기 찾아와 병원비를 지원한다니, 좀 이상하잖아?"

"이상할 것 전혀 없소. 그냥 우리가 하는 연구에 딸의 혈청이 필요할 뿐이오. 단순 채혈 한 번 해주면 병원비와 치료비를 우리가 지원해 주겠소. 어떻소?"

"연구? 그 연구에 우리 애새끼의 피가 필요한 모양이지?"

"그렇소."

"…그게 없으면 어떻게 되는데?"

"좋지 않은 결과가 일어나겠지. 그 예우는 나도 장담할 수 없고."

네이튼은 실소를 흘렸다.

"후후, 그럼 안 해."

"……?"

"안 한다고. 남의 딸내미 팔에 무슨 주삿바늘을 꼽아? 난 반대야."

"어려울 것 없소. 그냥 며칠에 한 번씩 하는 채혈과 비슷한 정도의 피만 뽑아갈 것이오."

"그래도 싫어. 내가 미쳤다고 피를 내줘? 누구 좋으라고."

"아주 좋은 조건은 아니지만 병원비를 지원해 준다고 하지 않소?"

"그래도 싫어. 그깟 병원비 몇 푼 벌자고 피를 내줘? 어림 반 푼 어치도 없는 소리지."

"……"

네이튼은 그에게 손을 내밀었다.

"병원비 말고 현금으로 내놔. 그럼 생각해 볼 수도 있지."

"…유엔이 무슨 동네 전당포쯤 되는 줄 아는 모양이군."

"전당포는 아니지. 그러니까 사람 피를 뽑는다고 지랄들이지. 안 그래? 전당포에선 사람 피를 취급하지 않을 것 아니야?"

솔로몬은 네이튼이 왜 이러는지 어렴풋이 알 것 같았다.

"…천하의 개 쓰레기군. 할 짓이 없어서 딸내미를 앞세워 돈을 뜯어내려는 수작인가?"

"후후, 그래. 나 쓰레기 맞아. 그러는 네놈들은 그런 쓰레기의 핏줄이 필요해서 피를 구걸하러 온 것 아니야? 그럼 내가 원하는 것을 내놔야지. 그래야 거래가 성사되는 것 아닌가?"

아예 대화 자체가 되지 않는 그를 보고 있자니 없는 시간을 쪼개어 찾아온 자신이 한심해지는 솔로몬이다.

"대화가 안 통하는 놈과는 협상하기가 쉽지 않지."

"뭐야? 벌써 포기하는 건가?"

솔로몬은 고개를 저었다.

"포기고 뭐고 난 그렇게 한가한 사람이 아니다. 만약 네가 싫다고 버틴다면 다른 케이스를 찾아보는 수밖에."

"…뭐라?"

샘플이야 다른 곳에서도 충분히 찾아볼 수 있으니 지금처럼 시간을 허비할 필요가 없었다.

솔로몬은 뒤도 돌아보지 않고 술집을 나섰다.

$$* \qquad * \qquad *$$

그날 밤, 내과병동에서 찾아낸 환자들의 혈청을 받아낸 솔로몬이 떠날 채비를 서두르고 있다.

비록 일이 틀어지는 바람에 목표한 50개의 샘플을 모두 다 채우지는 못했지만 그래도 나름 가치가 있는 성과를 이룬 셈이다.

이젠 비행기를 타고 다시 스위스로 날아가려는 그에게 줄리아와 아이린의 모친 크리스틴이 찾아왔다.

크리스틴이 솔로몬의 앞에 무릎을 꿇었다.

쿵!

"선생님! 제발 우리 아이 좀 살려주세요! 제발요!"

솔로몬은 고개를 저었다.

"나는 병을 치료하는 것이 목적이 아니고 병을 개량하는 것이 목적이오. 그쪽의 아이가 사정이 딱한 것은 알겠으나 사람을 살릴 재주는 없소."

"알아요. 어떤 연구를 하는 것인지는 대충 들었습니다. 하지만 혈청을 뽑아가기만 해도 병원비를 지원해 준다면서요. 우리 아이는 병원비가 없어서 당장 치료도 못 받고 쫓겨나게 생겼어요. 그러니 치료비를 지원받는 것이 곧 아이를 살리는 길이지요."

그는 고개를 내저었다.

"하지만 아까 부군을 만나보니 도저히 대화가 안 통하게 생겼던데, 지금 나로선 어쩔 도리가 없소."

"…아니요! 그놈은 애비도 아니에요! 이 세상의 그 어떤 아비가 자식이 다 죽어가는데 술이나 퍼마시고 도박을 하고 있겠어요? 거기에 하루가 멀다 하고 계집질에 사람을 두들겨 패지를 않나, 그게 어디 사람 새끼인가요? 짐승도 그렇지는 않을 겁니다!"

솔로몬은 이번에도 고개를 저었다.

"그건 가정 상담사를 통해서 제대로 상담을 받아보는 편이 좋겠소. 나는 그쪽으론 재주가 없소."

"선생님……!"

"아무튼 저는 이만 가보겠소."

솔로몬이 샘플을 챙겨서 떠나려는 찰나, 저 멀리서 한 남자가 달려와 그에게 주먹을 날렸다.

"이 새끼, 죽어라!"

부웅!

찰나의 순간이지만 솔로몬은 동물적인 감각으로 주먹을 피해냈다.

팟!

하지만 그의 주먹 때문에 샘플을 넣어둔 가방이 벽에 부딪쳐 버렸다.

쨍그랑!

순간, 솔로몬의 표정이 잔뜩 일그러졌다.

"…이런 제기랄!"

"이 개자식! 이제 보니 네놈이 저년과 배꼽을 맞추는 사이였 구나!"

솔로몬은 딱딱하게 굳은 얼굴로 그를 바라보며 말했다.

"어지간히 하지. 무슨 사람이 이렇게까지 막무가내인가? 정말 죽고 싶어서 환장한 것인가?"

"흥! 죽고 싶은 놈은 네놈이겠지! 저년이 여기저기 다리를 벌 리고 다니면서 갈보 짓을 하니까 그 서방까지 만만해 보이는 것 아닌가?! 내 말이 틀렸나?!"

"…의처증이 있나? 그렇다면 정신과를 가보는 것이 좋겠군. 여기서 나에게 한 번만 더 개개다간 진짜 죽는 수가 있어."

"이 개새끼, 죽는 쪽이 누구인지 한번 보자고!"

솔로몬은 자신을 죽이겠다고 길길이 날뛰고 있는 네이튼을 바라보면서 한숨을 푹 내쉬었다.

"후우, 이것 참, 어디를 가나 미친놈 하나씩은 꼭 있다니까. 정말이지, 그렇게까지 죽고 싶은 건가?"

"이 새끼, 어금니 꽉 깨물어라! 이번에는 좀 아플 거다!"

네이튼의 주먹이 솔로몬의 얼굴을 힘껏 후려쳤다.

퍼억!

주먹을 뻗는 폼이 꽤 날카롭고 부드러운 것을 보니 예사로운 펀치는 아닌 것 같았다.

하지만 그렇다고 해도 팬텀의 수장이자 실버 나이프의 단장인 솔로몬에게 타격을 줄 수는 없었다.

그는 조용히 가방을 내려놓았다.

우득, 우득!

손발을 빙빙 돌리며 몸을 푼 솔로몬이 말했다.

"이건 어디까지나 정당방위다. 네놈이 나를 잡아 죽이겠다며 달려들었으니 내가 생존을 위해 방어를 해도 무방한 상황이다. 안 그래?"

"좋을 대로 생각해라. 하지만 맞고 나서 후회해 봐야 소용없을 것이다!"

어지간하면 그냥 지나가려고 한 솔로몬이지만 아무래도 그냥 지나치는 것이 쉽지는 않을 것 같았다.

*          *          *

군산 조선 신도시 앞바다에 발록 용병단의 전술용 고속정이 정박했다.

쇄아아아!

카미엘은 작전 개요도를 펼쳐 보았다.

작전 개요도에는 조선 신도시의 55번째 아파트 단지인 '푸른 바다 정원'에 대한 정보가 나와 있었다.

최근 10년 넘게 쉬지 않고 지속된 몬스터와의 교전에서 한국군이 살아남을 수 있던 것은 해군과 공군력의 증강 덕분이다.

그동안 지독하게 소탕하기 힘들던 군부 내의 비리를 척결하고 있는 돈, 없는 돈 다 쏟아부어 국산 전투기의 양산과 이지스 구축함 등을 건조하였다.

그 결과 압도적으로 높던 육군의 비율이 점점 기울어져 육해공의 비율이 서서히 맞춰지는 효과를 낳았다.

그 무엇보다도 국산 전투기의 도입으로 인하여 양산 비용의 절감과 수출 효과가 나타남으로써 국방비 증대의 순기능도 생겨났다.

이로써 대한민국은 제4세대 전차 생산에 이어 자력 전투기 생산과 이지스 구축함을 생산할 수 있는 몇 안 되는 국가로 성장하게 되었다.

전쟁이 인간의 역사를 만든다는 말이 있듯 국가에 위기가 찾아왔을 때에야 비로소 군대가 정신을 바짝 차리게 된 것이다.

이런 가운데 한국은 기술력의 중심인 대전과 가까우면서도 군수공장 및 조선소를 세우기에 가장 적합한 도시를 물색하게 된다.

그 도시가 바로 군산이다.

군산은 일제강점기 당시 일본이 군수품 및 공산품 수출입을 위하여 키워낸 도시이니만큼 입지가 좋았다.

항간에선 일제의 그림자를 한국이 고스란히 끌어안는 것이 아니냐는 비판이 나오기도 했지만 정부는 실리를 선택하였다.

서해안에서 몬스터의 공습을 가장 적게 받았고 수도와 비교적 가까우며 기술력의 중심지인 대전과 가까운 도시는 군산이 유일했던 것이다.

당진, 서산, 아산, 화성, 평택 등이 거론되었으나 이미 상기의 도시들은 몬스터들에게 대파되어 제대로 된 기능을 할 수가 없는 상태였다.

더군다나 군산에는 이미 조선 시설이 갖추어져 있었기 때문에 조금만 손을 보면 군선을 제작할 수 있는 충분한 가능성이 있었다.

정부의 선택은 옳았고, 이곳에 해군의 군수공장과 공군의 군수공장이 세워져 엄청난 시너지 효과를 발휘하였다.

그 결과, 한국은 몬스터의 압박에서 벗어나 다시 서해안을 장악할 수 있었던 것이다.

이런 군산이기에 신도시들이 들어서는 것은 필수 불가결한 선택이었다.

정부는 2000년대 초반부터 도시를 짓기 시작하여 지금은 아파트 단지 250개의 거대한 대도시를 만들어냈다.

원래 쇠퇴의 길을 걷던 군산이 이제는 군사력의 중심지로 거듭나게 된 것이다.

푸른 바다 정원 아파트는 그런 군산의 군수공장 단지 바로 앞에 위치해 있는데, 이곳에 바로 큐브형 몬스터가 출몰한 것이다.

한마디로 아공간을 자유자재로 다루는 소환술사의 작품이 이곳을 덮쳐온 셈이다.

오늘 발록 용병단은 이곳에서의 전투를 승리로 이끌고 큐브형 몬스터의 원형 샘플을 채취하여 돌아갈 것이다.

이번 작전에 참가한 율리아와 레이첼은 자신들이 파악한 도시의 아공간 정보에 대해 설명하였다.

"군사위성으로 살펴본 결과, 이곳은 조금 복잡한 구조로 되어 있습니다. 거대한 크리스털 모양의 구조물에서 몬스터들이 소환됩니다. 일그러지는 원형의 아공간에서 몬스터가 튀어 나오는 것이 아니라 워프 형식으로 몬스터가 소환되는 것이지요."

"워프라……."

"정확한 것은 아닙니다만, 지금까지는 마이너스 에너지에 의해 몬스터가 소환되었다면 이번에는 플러스 에너지를 기반으로 소환이 돼요. 그리고 소환되는 몬스터의 종류도 이제까지와는 다르고요."

율리아는 카미엘에게 사진 몇 장을 꺼내 보여주었다.

사진 속에는 마도학 기계와 비슷하게 생긴 실루엣이 보였다.

"…이건 몬스터가 아닌 것 같은데요?"

"그래요. 정확히 몬스터라고 표현하기는 힘들지요. 하지만 인간의 도시를 공격하는 소환 물체인 것은 확실합니다. 그래서 몬스터라고 부르는 것이고요."

"흠, 어디서 많이 본 광경 같은데."

그녀들은 일전에 본 카미엘의 전투 방식과 지금의 이 몬스터들이 흡사한 패턴을 보인다고 설명하였다.

"단장님이 끌고 다니는 로봇들과 비슷한 구조를 가지고 있긴 해요. 몬스터 코어가 기반이 되는 것인지는 모르겠습니다만, 몬스터 겉면에 푸른색 방어막이 쳐져 있습니다."

"…방어막이 쳐져 있다고요?"

"그래요. MS시스템이라고 부르시던 그 방어막 말이에요."

"허, 허어!"

"더군다나 플라즈마 형태의 푸른색 탄환을 발사하는데, 그 역시 단장님의 소환 물체가 사용하는 무기와 체계가 같아요."

카미엘은 이것이 기계 마도사의 소행일지도 모른다는 생각을 해보았다.

"이 세상에는 무한한 경우의수가 있습니다. 내가 사용하는 무기를 적이 사용하지 말라는 법은 없죠."

"그렇다면 단장님께서도 같은 수단을 사용한다고 생각하시는 건가요?"

"그런 것 같네요."

발록 용병단은 라바나 킬러비 같은 엄청난 무기들의 등장을 걱정하였다.

"저놈들의 레벨은 어느 정도나 되는 것 같습니까?"

"그건 우리도 몰라요. 직접 붙어봐야 알 수 있겠죠."

"흠……."

"대장, 조금 위험하지 않겠어?"

카미엘은 고개를 끄덕였다.

"그럴지도 모르지. 하지만 피할 수는 없어. 제주도도 문제이지만 이곳도 충분히 문제거든."

일이야 어찌 되었든 간에 이곳에서 샘플을 구할 수 있다는 사실은 변하지가 않는다.

"속전속결로 가자. 이틀 안에 작전을 끝내고 돌아가지 않으면 제주도가 함락될 수도 있어."

"최선을 다해보자고. 물론 기대는 하지 말고."

카미엘은 가장 먼저 적의 중심부로 예상되는 초대형 크리스털을 먼저 살펴보기로 했다.

"중심 구역까진 얼마나 걸리죠?"

"대략 1.5㎞ 정도 떨어져 있습니다."

"그리 멀지는 않군요."

"놈들은 크리스털을 중심으로 뭉쳐 다니는 경향이 있기 때문에 크리스털의 확장이 없이는 행동반경도 넓어지지 않습니다. 그나마 다행이라고 해야겠지요."

"좋습니다. 그럼 수를 벌 수 있는 기회가 생기겠군요."

카미엘은 고속정에서 장비를 내리고 본격적으로 사냥 준비에 나섰다.


\*      \*      \*


늦은 밤, 모두 다 불이 꺼져 있는 신도시 중앙에 떡하니 버티고 선 크리스털이 푸른색 빛을 반짝이고 있다.

카미엘은 아파트 15층 높이를 훌쩍 뛰어넘는 크리스털을 유심히 살펴보았다.

우우우웅.

마나의 흔적은 보이지 않지만 확실히 엄청난 양의 플러스 에너지가 방출되는 것은 알 수 있었다.

크리스털의 주변에는 이상하게 생긴 건물들이 줄을 지어 서 있었는데 그 앞으로 기계들이 소환되어 나왔다.

"저 건물들이 공장인 것인가?"

"공장에서 기계들을 찍어내는 것이라면 크리스털이 군수공장을 관리하는 관리 타워일까요?"

"그럴 수도 있겠습니다. 지금으로선 그렇게밖에 생각되지 않는군요."

지금까지 저들이 생산해 둔 기계의 숫자는 크리스털 당 150기 정도인데, 크리스털 하나에 일 개 중대가 구성되어 있는 셈이다.

카미엘은 기왕지사 싸울 것이라면 더 늦기 전에 지금 싸우는 것이 이득이라고 생각했다.

"달려들 것이라면 지금 달려듭시다. 병력을 생산하는 것이든 소환하는 것이든 간에 더 늘어나기 전에 치는 것이 장땡입니다."

"그건 전적으로 찬성입니다. 시간을 끌어봐야 좋을 것이 없어요."

두 명의 박사가 동의했으니 나머지 전투 병력은 당연히 카미엘의 의견에 동조하였다.

그들의 입장에서도 싸워서 이겨야 할 적이 적을수록 좋기 때문이다.

카미엘은 일단 비어 있는 신도시의 건물을 하나 점령해서 그곳의 옥상에 박격포를 설치하기로 했다.

초경량 120㎜ 박격포를 가지고 온 일행은 포신과 포판, 포다리

등을 각각 들고 와서 옥상에 말뚝을 박아 포판을 고정시켰다.

까앙, 까앙!

이제 어지간한 충격엔 박격포가 흔들릴 일이 없을 것이다.

"고정 끝. 이제는 입구를 막자고."

"오케이."

발록 용병단은 크리스털 가까이에 있는 4층짜리 상가를 점령하였는데, 그곳의 입구를 꽁꽁 틀어막아 개미새끼 한 마리 나갈 수 없도록 만들었다.

이제 사격은 창문으로 하고 옥상에서는 박격포가 불을 뿜게 될 것이다.

카미엘은 현주를 비롯한 세 명에게 박격포의 사격과 관측 등을 맡겨놓고 창문 가까이로 내려갔다.

이곳에서 사격이 펼쳐지게 되면 분명 몬스터들이 우르르 몰려올 것이 뻔하기 때문이다.

현주와 박달제 등의 무전이 카미엘에게로 날아든다.

─여기는 박격포, 사격 준비가 모두 끝났다.

"알겠다. 즉각 사격하라."

─입감. 제1번 포, 사격 개시!

퍼어엉!

120㎜ 박격포의 완충기가 한차례 흔들리면서 건물 아래에서도 그 충격이 느껴진다.

꿀렁!

카미엘은 충격을 고스란히 느끼면서도 크리스털에서 눈을 떼지 않았다.

120㎜ 박격포의 고폭탄이 크리스털에 부딪치자 주변에서 푸른색 방어막이 결계처럼 펼쳐지며 공격을 막아냈다.

지이이잉!

─여기는 박격포, 명중하였으나 공격이 무효화되었다. 이런 제기랄.

카미엘은 그녀의 보고가 끝나기 무섭게 플라즈마 측정기를 꺼내어 적의 마나쉴드의 세기를 측정해 보았다.

MS 시스템, 즉 마나쉴드 시스템이라 불리는 이 이론은 카미엘이 스승에게서 맨 처음으로 배운 것이다.

기계 마도학의 모든 개체는 마나로 만들어진 방어막을 갖게 되는데, 이것은 꽤 많은 역할을 한다.

적의 공격을 무력화시키는 의미도 있고 기계의 내구성을 높여 생존율을 극대화시키는 역할도 한다.

하지만 무엇보다도 MS 시스템은 술자의 명령을 전달하는 무형의 마나가 다른 술자와 혼선되어 기계가 말을 듣지 않는 현상을 방지하는 목적이 가장 크다.

그렇기 때문에 MS 시스템은 마도 기계를 만들 때 가장 먼저 고려하게 되는 요소 중의 하나였다.

카미엘은 저것들이 갖는 마나쉴드 체계를 통하여 이곳에 창궐한 것이 몬스터가 아니라는 사실을 깨달았다.

'확실하다. 저놈, 기계 마도사다.'

도대체 어떻게 기계 마도사가 이곳까지 출몰하게 된 것인지 정말이지 궁금하지 않을 수 없는 카미엘이다.

하지만 일이야 어찌 되었든 간에 일단 개 당 150기의 기계부터 막아내는 것이 급선무였다.

크르르르릉!

가장 먼저 카미엘 일행에게 달려든 기계는 인간의 모습을 한 기계들이었다.

양쪽 팔에 일자로 나온 대검을 장착한 이 기계들은 거의 잔상이 남을 정도로 엄청난 달리기 실력을 뽐냈다.

슈우우우욱!

마치 무공의 초상비를 보는 듯한 착각에 빠져들 정도였다.

잠시 후, 놈들은 카미엘과 그 일행이 막아놓은 건물의 철문을 두드리기 시작하였다.

크르릉!

깡깡, 깡깡깡!

겉보기엔 아주 흔한 대검으로 보였지만 막상 철문을 두드리니 푸른색 불꽃이 사방으로 튀었다.

아무래도 저 검의 안쪽으로 마력이나 플러스 에너지가 통과하여 검에 힘을 보태주고 있는 것 같았다.

'무기 하나를 사용해도 복합적인 것만 골라서 사용하는군. 고단수인데?'

미친 듯이 철문을 두들기고 있는 놈들에게 카미엘은 한 수 되돌려 주지 않을 수 없었다.

그는 자동 사격 로봇 싸이클러를 창문 곳곳에 설치하여 문을 두드리는 인간형 기계에게 총격을 선사해 주었다.

퉁퉁퉁퉁!

꽤나 묵직한 푸른색 총탄이 날아가 놈들의 머리통과 다리를 사정없이 꺾어버렸다.

퍼버버벅!

끄웨에에엑!

그런데 이상한 것은 기계의 팔과 다리가 꺾이면서 그 주변으로 새빨간 피가 튄다는 점이다.

카미엘은 고개를 갸웃거렸다.

"뭐야? 진짜 사람이었던가?"

"아니, 그렇다고 하기엔 너무 빨랐어. 저렇게 빠른 사람이 세상에 어디 있겠어?"

100미터를 3초도 안 돼서 주파할 수 있을 정도의 달리기이니 생명체라곤 생각할 수가 없었다.

그렇지만 죽어나간 그들의 잔해를 조금이라도 자세히 살펴본다면 결코 기계라고 생각할 수 없을 것이다.

분명 겉은 마도 기계처럼 단단한 철갑을 두르고 있었지만 속에는 온통 말랑말랑해 보이는 살점으로 가득 차 있었다.

그렇다는 것은 저것들이 완전한 로봇은 아니라는 소리였다.

적어도 카미엘의 상식선으론 살아 있는 생명체로 로봇을 만들면 그것이 제대로 가능을 할 수가 없었다.

왜냐하면 피가 돌아다니는 생명체는 소환도 안 될뿐더러 개조가 불가능하기 때문이다.

'마도 기계는 아니지만 그에 대한 특성은 가지고 있다. 도대체 뭘까?'

몇 가지 의문이 남는 카미엘이지만 지금은 그런 것에 대해 깊게 생각할 겨를이 없었다.

당장 해야 할 일이 너무 많았다.

"박격포, 계속해서 사격할 수 있도록!"

─입감!

계속해서 포탄이 불을 뿜었고, 카미엘은 이곳을 향해 달려드는 로봇들을 차례대로 정리해 나갔다.

**제6장**

정답

제주도 남부 전투 지역.

이곳에서는 여전히 11군단과 몬스터와의 치열한 공방전이 계속되는 중이다.

—여기는 제2 방어지역! 몬스터의 3차 강하가 시작되고 있다! 빠른 지원 바란다!

—입감!

11군단은 본 사령부에서 탈취한 식량과 탄약을 바탕으로 벌써 나흘째 물량 공세를 버텨내는 중이다.

하지만 공중에서 떨어져 내리는 강하 병력 때문에 여전히 골

머리를 앓고 있었다.

11군단 제15 방공대대장 이명석 중령은 이 사태를 과연 어떻게 처리해야 옳은지 판단이 서지 않았다.

인간의 수송선은 기계로 만들어졌기 때문에 맞춰서 격추시키면 추락하여 인원이 사망하거나 공중에서 폭발하고 말겠지만 몬스터는 아니었다.

수송선 자체가 거대한 몬스터이기 때문에 포격을 가한다고 해도 폭발할 가능성이 없고 행여 죽어서 떨어져 내려도 그 안에 있는 몬스터는 계속해서 살아남기 때문에 죽이나마나였다.

그나마 아가리를 다물고 떨어져 내리면 그 앞을 지키고 서있다가 튀어나오는 놈들만 골라서 죽이면 편하지만 자이언트 사우르스 같은 거대한 몬스터는 그마저도 여의치 않았다.

불행 중 다행으로 자이언트 사우르스가 고폭탄에는 약하기 때문에 야포사격으로 수송 몬스터를 타격하면 피해는 적지만 물량이 너무 많다는 것이 문제였다.

이명석 중령이 깊은 고민에 빠져 있는데 대대지휘소로 다급한 무전이 날아들었다.

─파앗! 남부 제1차 방어지역에서 몬스터 땅굴이 발견되었다!

"…땅굴이?!"

제1차 방어지역은 장벽 안쪽에 있는 구역이기 때문에 이곳이 뚫리면 상당히 골치 아픈 일이 발생하게 된다.

이명석 중령은 해당 구역으로 병력이 파견되는지의 여부를 알아보았다.

"여기는 방공 15대대! 남부 제1차 방어지역의 병력 파견은 어떻게 되었나?!"

—여기는 사령부, 현재 24사단 병력이 해당 지역을 접수하였다. 큰 문제는 없을 것으로 보인다.

"휴, 다행이군."

이명석 중령이 가슴을 쓸어내리고 있는데 뜻밖의 무전이 날아들었다.

—여기는 24사단 194연대 1대대, 촉수를 격파하고 땅굴을 점령하였다.

"고생 많았다."

—그런데 흥미로운 것이 하나 있다. 촉수를 격파하고 나니 몬스터들이 우왕좌왕한다. 아무래도 촉수가 지휘관의 역할을 하는 것이 아닌가 싶다.

"촉수가 지휘관?"

—혹시 모르니 사령부에선 다시 한 번 땅굴이 뚫린다면 그곳의 촉수를 제거하여 실험해 볼 수 있도록 권해주고 싶다.

—입감. 잘 알겠다. 사령관이 해당 사항을 접수하여 보병 부대에 명령을 하달하겠다.

—양호. 계속해서 임무를 수행하겠다.

보병대대장이 직접 무전기를 잡고 해준 조언에 각 부대장들은 촉수가 뻗어 나오기만을 기다렸다.

그리고 잠시 후, 24사단 55연대에서 연락이 왔다.

—여기는 55로미오 3대대, 촉수를 찾아 사살하였다.

"어떤가?"

—확실히 놈들이 정신을 잃고 미친놈들처럼 서로 물어뜯고 싸우는 것 같다. 자제력을 잃었다고 봐야 하나? 아무튼 사정없이 싸우고 잡아먹고 있다. 촉수 하나 해치우고 나니 세상이 다 평화로워지는군.

"좋았어. 파훼법을 찾아낸 듯하다."

파훼법을 찾아내자마자 백성식 중장의 무전이 군단 전체로 울려 퍼진다.

—사령관이다. 몬스터 군단의 촉수를 쳐내는 것이 그들을 무너뜨릴 수 있는 가장 빠른 방법으로 보인다. 또한 본 지휘관의 생각에는 공중 병력 역시 어떤 지휘 체계가 있을 것으로 예상된다. 하니 저놈들의 허점을 찾아내는 즉시 개의치 말고 사령부로 즉각 연락 바란다. 이상.

—입감!

—계속 근무하겠음!

이명석 중령은 이 사실을 모든 예하 부대에게 전달하고 제보를 기다렸다.

방공대대는 한 방위를 모두 담당하고 있기 때문에 하루에도 수백 번의 공중 강하를 막아내곤 한다.

그러니 공중형 몬스터를 지겹게 관측했을 것이고, 그에 대한 의견이 반드시 있을 것이라 예상한 것이다.

그의 이러한 예상은 아주 정확하게 맞아떨어졌다.

"대대장님, 발칸중대에서 연락이 왔습니다."

"뭐라고 하던가?"

"거대한 눈알, 그 눈알이 사라지고 나면 마치 공중형 몬스터들이 갈 길을 잃은 듯이 허둥지둥 난리를 부린다고 합니다."

"눈알이라면 그 비홀더라는 놈들 말인가?"

"예, 그렇습니다. 아무래도 비홀더가 공중을 지휘하는 지휘관이 아닌가 싶습니다."

이명석 중령은 무릎을 쳤다.

"옳지, 그렇다면 비홀더를 잡아서 이론을 증명하기만 한다면 우리는 충분히 승기를 잡을 수 있다!"

때마침 이명석의 귀에 재차 공습 신호가 들려왔다.

위이이이잉!

—공습, 공습경보!

"좋아, 지금이다! 주몽중대, 응답하라!"

—여기는 주몽중대!

"지금 당장 타깃을 비홀더로 잡고 사격한다! 다른 것은 잠시 무시하고 오로지 비홀더만 노린다! 나머지 병력은 주몽중대를 보조하면서 추가 명령을 기다린다!"

—입감!

주몽은 한국군이 개발한 단거리 지대공미사일로서 중거리 지대공미사일인 천궁에서 정밀 유도 기능과 탄도 축소 등으로 비교적 짧고 간결한 공격에 최적화된 미사일이다.

보통 1개 중대에 6기의 주몽미사일 발사대가 위치하는데, 만약 1개 중대가 작정하고 비홀더만 노린다면 단거리에선 아주 효과적인 전투 성과를 기대할 수 있었다.

잠시 후, 주몽중대의 사격이 시작되었다.

—제1소대, 발사 준비 끝!

—준비된 소대부터 사격 개시!

주몽미사일 발사대가 지정된 목표를 향해 무차별 사격을 가하기 시작했다.

슝슝슝!

유도탄세례를 맞은 비홀더 두 마리가 먼저 그 자리에서 폭사하고 말았다.

콰앙!

꾸웨에에엥!

—명중! 명중이다!

이명석은 곧장 나머지 공중몬스터들의 움직임에 대해 관찰하기 시작했다.

"남은 놈들의 근황은 어떠한가?"

―…여기는 발칸중대! 정말로 공중몬스터들이 마구 뒤엉켜 싸우기 시작한다! 수송 병력은 공중에서 뜯어 먹혀 제 힘을 발휘하지 못하는 것 같다!

"그렇지! 바로 이거다!"

이명석 중령은 곧바로 사령부에 이 사실을 알렸다.

"여기는 15방공대대, 공중을 지휘하는 개체는 비홀더인 것으로 보인다! 비홀더를 제압하자 공중 병력이 궤멸되었다!"

―확실한가?

"두 눈으로 똑똑히 목격하였다."

―알겠다. 현 시간부로 모든 병력은 적의 지휘 개체를 우선적으로 타격하여 전투를 효과적으로 끝낼 수 있도록.

―입감. 잘 알겠다.

15방공대대의 제보로 인해 사방에서 몰려들던 몬스터들이 단 5분 만에 제압되었다.

―…효과 죽이는군! 전투 끝! 잠시 소강상태에 돌입하였다!

―수고 많았다! 다들 휴식을 취할 수 있도록!

이명석 중령은 미소를 지으며 만세를 불렀다.

"됐다! 한 위기 넘긴 거야!"

"와아아아!"

"이제 최소 병력만 남기고 휴식을 취한다."

"예, 대대장님!"

끝을 모르고 펼쳐지던 전투가 이제 그 대단원의 막이 보이는 듯했다.

*           *           *

LA주립대학병원 복도.

이곳에서 때 아닌 주먹다짐이 벌어지고 있다.

슉슉!

그저 뜨내기 뒷골목 양아치인 줄 알았는데 네이튼의 주먹이 계속해서 솔로몬의 얼굴로 날아들었다.

솔로몬은 흥미로운 미소를 지었다.

'이놈, 그래도 기본은 되어 있는 놈인가 본데?'

사실 네이튼은 불과 8년 전까지만 해도 세계 최고의 격투기 경기인 UFA에서 몇 손가락 안에 드는 파이터였다. 하지만 약물 오남용과 연패 행진 등의 악재로 인해 4년 전에는 은퇴를 해야만 했다.

그때부터 술에 매달려 살던 네이튼이지만 아직까지 사람을 쥐어 패는 데는 소질이 있어 주먹을 뻗는 것은 그의 특기라 할 수 있었다.

그렇지만 네이튼과 솔로몬은 아예 가는 길 자체가 달랐다.

네이튼은 사람을 때려서 항복을 받아내는 일이 특기이고 솔로몬은 사람을 쳐서 죽이는 것이 특기이다.

솔로몬은 소나기처럼 쏟아져 내리는 네이튼의 주먹을 피해 명치로 정확하게 주먹을 내리 꽂았다.

슈욱!

퍽!

"크헉!"

"주먹은 이렇게 항상 아래로 내리깔아서 때려야 잘 들어간다. 그리고……."

솔로몬은 명치를 얻어맞은 네이튼의 무릎을 발꿈치로 비스듬히 걷어차 버렸다.

빠악!

연골이 상할 정도는 아니었지만 이 한 방으로 인해 며칠간은 운신이 불가능할 것이다.

네이튼은 명치를 맞아 숨도 제대로 쉬지 못하는 상황에서 무릎까지 아프니 거의 죽을 맛이었다.

"쿨럭쿨럭! 이런 씨발!"

"오호? 아직도 말할 기운이 남아 있는 모양이지? 맷집이 꽤 좋군. 좋아, 그 점은 높이 사도록 하지. 하지만 그것도 오래는 못 갈 것이다."

솔로몬은 네이튼의 얼굴로 주먹을 뻗었다.

부웅!

네이튼은 노련미 넘치는 위빙으로 주먹을 피하려 했으나 솔로몬의 주먹은 얼굴이 아닌 다른 곳을 향하고 있었다.

그는 얼굴이 아닌 네이튼의 명치를 후려쳐 버렸다.

빡!

"케헥, 캑캑!"

그리곤 솔로몬의 발이 네이튼의 인중을 걷어찼다.

퍼어억!

"으허억!"

인중을 얻어맞으면 눈앞에 불이 번쩍 보일 정도로 충격이 크기 때문에 잘못하면 정신을 잃을 수도 있었다.

하지만 워낙 수많은 경기를 치른 네이튼이기 때문에 기절은 면했다. 하지만 그 충격은 만만치 않았다.

"허으으으……."

침을 주르륵 흘릴 정도로 깊게 타격을 받은 네이튼은 잠시 동안 그 자리에서 움직이지 못했다.

솔로몬은 이어 그의 머리채를 잡아 주먹으로 관자놀이를 몇 대 더 쥐어박았다.

퍽, 퍽!

그러자 네이튼의 눈동자에 흰자위가 보이기 시작했다.

"허억, 허억!"

아마 그가 다시 눈을 뜬다고 해도 당장은 운신할 수가 없을 것이고, 하루 종일 술을 마신 것처럼 머리가 아프고 중심을 잡기가 힘들 것이다.

솔로몬은 그런 네이튼에게 물었다.

"그렇게 폐인처럼 살아서 네게 남는 것이 무엇인가? 최소한 남에게 피해는 주지 말고 살아야지. 인생이 아깝지도 않나?"

"쿨럭쿨럭! 이런 개자식이?! 네놈이 뭘 안다고……."

"아무튼 네놈 덕분에 샘플 채취를 다시 해야 할 상황이 되었으니 아이린의 혈액도 함께 채취하겠다. 이의 있나?"

"…이런 개자식! 내가 안 된다고 말하지 않았나!"

"돈 때문에 아이를 앞세워 협박을 하다니, 부끄럽지도 않나?"

"꺼져 버려! 난 절대로 허락할 수 없으니! 씨발 놈! 애비를 이 지경으로 만들어놓고 딸의 피를 빼가겠다고?! 지옥에나 떨어져라!"

이 광경을 가만히 지켜보고 있던 크리스틴이 소리를 빽 질렀다.

"닥쳐! 닥치라고!"

"…이, 이게 미쳤나? 어디서 소리를 지르고 지랄이야?!"

"너 때문에 외간 남자들 앞에서 옷이나 벗는 여자가 되었지만 내 새끼 살리려고 참고 또 참았어! 하지만 이게 뭐야?! 병원비 대준다는 사람이 나타났는데 손을 벌릴 수도 없잖아?!"

"시끄러워! 이년이 정말……."

크리스틴은 이어 솔로몬의 앞에 무릎을 꿇었다.

쿵!

"선생님, 제가 다시 이렇게 무릎을 꿇습니다. 제발 제 아이 좀 살려주세요. 병원비가 없어서 치료도 제대로 못 받아요. 이러다 간 아이가 죽겠어요."

"걱정 마시오. 내가 알아서 처리를 해둘 테니."

"감사합니다! 정말 감사합니다!"

크리스틴이 자리에서 일어서면서 말했다.

"네이튼, 이제는 안녕이야. 너와는 이혼이고 앞으로 딸은 절대로 못 볼 줄 알아."

"뭐라고?"

"너 같은 쓰레기와는 영영 이별이라고. 내일 변호사를 통해서 이혼 서류 보낼 테니 만약 승복하기 싫으면 너도 변호사 사서 맞고소해."

"……."

"이제 너에게 매 맞는 것도 지겹고 아이가 아픈 것을 지켜보는 것도 지겨우니까 서로 얼굴보지 말고 지내자. 알겠지?"

크리스틴은 뒤도 돌아보지 않고 솔로몬을 잡아 이끌었다.

"…가시죠. 채혈을 할 수 있도록 조치를 취해두었어요."

"그럽시다."

네이튼은 꽤나 충격이 컸는지 한동안 그 자리에서 일어서지
못했다.


*      *      *


늦은 밤, 조선 신도시 지하 수로에 발록 용병단이 위치해 있
다.

촤륵, 촤륵.

카미엘은 대략 45년쯤 된 이곳의 지하 수로 지도를 펼쳤다.

이들이 위치해 있는 지하 수로는 군산이 한창 상업도시로 발
전하여 전성기를 누리던 시절에 만들어져 지금까지 사용되고
있었다.

당시에는 상업지구에서 발생하는 오폐수를 끌어내리기 위한
용도로 설치하였으나 시설의 노후화로 최근에는 빗물을 방출하
는 용도로만 사용되고 있었다.

만들어진 지는 상당히 오래되었으나 상업지구 전반에 걸쳐
서 길게 이어놓았기 때문에 거의 군산 전역을 커버한다고 볼 수
있었다.

카미엘은 이곳을 따라서 이동하면 곧장 크리스털이 설치된
곳까지 이동할 수 있을 것이라 예상했다.

지금 그들이 마도 기계들과 각축을 벌인 건물은 사방을 모두 본월로 틀어막고 자동사격장치를 설치해 두었기 때문에 족히 이틀은 버틸 수 있을 것이다.

그 덕분에 이와 같은 탐사가 가능해진 것이다.

카미엘은 도시계획과에서 얻어온 도시 전도와 지하 수로의 지도를 비교하여 자신의 위치를 파악하였다.

"이 정도라면 크리스털과 대략 200미터쯤 떨어져 있겠군."

"그렇다는 것은 놈들의 활동 범위 중심부에 우리가 들어와 있다는 뜻이겠군?"

"그렇다고 볼 수 있지."

적의 심장부까지 파고든 카미엘은 플라즈마 측정기를 꺼내 들었다.

위이이이잉!

몬스터가 우글거리는 보통의 아공간에선 이런 플라즈마 수치가 거의 제로로 나오는데 이곳은 그와 정반대였다.

바늘이 거의 꺾일 정도로 강력하게 뿜어져 나오는 플라즈마 수치는 보통의 아공간과는 다르다는 것을 방증했다.

그렇다면 이것을 파괴시킬 수 있는 방법은 오로지 하나뿐이었다.

그것은 바로 크리스털 외부를 감싸고 있는 플러스 에너지를 공중으로 날려 버리는 것이다.

카미엘은 율리아와 레이첼의 합작으로 만들어낸 EMP 폭탄을 꺼내 들었다.

삐빅!

전자기기 펄스가 폭발하게 되면 크리스털 외부를 감싸고 있는 보호막이 파괴되면서 공격이 가능해질 것이다.

카미엘은 이때를 노려 C4를 설치하면 크리스털이 파괴될 것이라고 생각했다.

물론 이것은 어디까지나 가설일 뿐 검증된 것은 아니었다.

"파괴가 안 되면 어쩌죠?"

"다 죽는 거지요."

"…말은 참 쉽네요."

말은 덤덤하게 내뱉었지만 카미엘도 이번 작전이 성공할 것이라는 확신은 없었다.

EMP가 떨어져 내리면 크리스털의 보호막이 걷히긴 하겠지만 그와 동시에 카미엘의 마력도 함께 날아간다.

한마디로 놈들이 카미엘을 공격하고자 마음먹는다면 마땅히 대적할 수 있는 수단이 없다는 소리였다.

그렇지만 앞으로 나아가지 않으면 이룰 수 있는 것은 아무것도 없었다.

"자, 그럼 시작해 볼까? 모두 다 준비되었습니까?"

카미엘의 질문에 율리아와 레이첼이 고개를 끄덕였다.

"네, 됐어요."

"자, 그럼 시작합니다!"

마나코어에 전기 충격을 가하게 되면 마치 전자 펄스와 비슷한 효과를 발휘하게 되는데, 이 충격은 생각보다 꽤 지속력이 좋은 편에 속한다.

때문에 아마도 오늘 하루 정도는 이곳에서 전자기기를 사용할 수 없게 될 것이다.

카미엘이 폭탄으로 사용될 코어를 크리스털이 위치한 지하 수로 천장에 붙였다.

철컥!

폭탄이 설치되면 율리아와 레이첼이 적당한 압력을 넣어 마나코어가 폭발하게 만들 것이다.

딸깍!

그녀들이 동시에 두 개의 버튼을 누르자 마나코어가 반응할 정도의 전압이 송출되었다.

콰지지지지직!

순간, 마나코어가 하얗게 발광하더니 이내 거대한 빛의 폭발을 만들어냈다.

콰아아앙!

이 폭발은 순백색 후폭풍을 만들어내어 직경 5㎞ 안에 있는 모든 전자기기를 먹통으로 만들어 버렸다.

퍼엉!

발록 용병단이 가지고 있던 무전기와 핸드폰, 시계 등 전기가 들어가는 물품은 죄다 멍청이가 되어버렸다.

물론 카미엘이 주력으로 사용하는 통제기 역시 잠시 가동을 멈추게 되었다.

이제 발록 용병단에게 남은 것은 소총과 수류탄, 그리고 유탄 발사기 정도였다.

카미엘은 긴장된 표정으로 지하 수로의 입구를 열어 맨홀 뚜껑으로 다가섰다.

드르르륵!

그가 지상으로 통하는 문을 열자 아직도 바닥을 타고 흘러다니는 스파크가 심상치 않게 보였다.

치지지직!

카미엘은 자신이 생각한 것보다 마나코어의 직접적인 전격이 훨씬 더 강력한 효과를 만들어냈음을 알 수 있었다.

"대단하군. 이 정도면 도시 하나 날려 버리는 것쯤은 그리 어려운 일도 아니겠는데?"

"코어라는 물질은 참으로 신기해요. 어떻게 생각하면 무섭기도 하고요."

플라즈마 측정기를 꺼내 든 카미엘은 크리스털의 외부를 감싸고 있는 방어막의 수치를 체크해 보았다.

0.12

"수치가 마이너스로 떨어졌어요. 당분간 보호막은 작동하지 않을 겁니다."

"오호라, 신기하군요. 정말로 당신의 생각이 맞았어요."

"운이 좋았네요."

카미엘이 뚜껑을 열고 밖으로 나가보니 먹통이 되어버린 마도 기계들이 보인다.

꾸르르르륵

일행은 대검으로 마도 기계들을 쿡쿡 찔러보았지만 아무런 반응도 보이지 않았다.

"행동이 완전히 정지되었어요. EMP가 몬스터에게도 영향이 있는 모양이죠?"

"아니요, 놈들이 진짜 기계라는 소리죠."

"그럼 그 안에서 흘러나온 피는 뭔데요?"

"글쎄요. 그것까진 알 수가 없죠. 하지만 확실한 것은 당분간은 시간을 벌었다는 뜻입니다."

"그렇군요."

이제 카미엘은 크리스털에 C4를 설치하고 그것을 폭파시키기로 했다.

딸칵, 삐빅!

폭탄을 크리스털에 붙이고 시간을 입력하자 폭탄이 카운트를 시작하였다.

4:30

"남은 시간은 4분 30초입니다. 그동안 다른 크리스털에 폭탄을 설치하러 가자고요."

카미엘이 다음 타깃을 해치우자는 의견을 내자 현주가 반대를 했다.

"잠깐, 그보다 먼저 이 폭탄이 과연 효과가 있는지부터 봐야 하는 것 아닌가?"

"하긴, 그건 그렇군."

"이것들이 과연 무슨 반응을 보일지도 모르는데 무턱대고 폭탄을 설치했다가 도시가 통째로 날아가면 어째?"

카미엘은 현주의 의견에 전적으로 동의하였다.

"그래, 네 말이 맞아. 역시 홍일점은 뭐가 달라도 다르군."

"훗, 이 정도로 뭘."

카미엘의 홍일점이라는 말에 율리아와 레이첼이 언짢은 표정을 지었다.

"이거 왜 이래요? 임시 배속이긴 해도 전우애를 쌓은 사람끼리 이러기예요?"

"맞아, 우리도 여자라고요."

현주는 실소를 흘렸다.

"후후, 여자긴 여자지."

"…그건 또 무슨 소리예요?"

"아니, 여자라고. 당신들, 여자 아니야?"

"말을 참 기분 나쁘게 하시네요."

카미엘은 만나기만 하면 싸우는 이 세 사람을 어쩌면 좋을까 싶다.

마음 같아선 사각의 링이라도 만들어주고 싶었지만 그랬다간 현주가 이 두 사람을 아주 묵사발로 만들어 버릴 것 같았다.

"그만 좀 하세요. 내가 실언했습니다. 자자, 내가 잘못했어요. 그러니까 이제 그만!"

"…하여간 저 여자만 만나면 머리가 아프다니까."

"누가 할 소리를?"

그나마 카미엘의 중재로 이만하길 다행이지, 만약 이대로 계속 내버려 두었다면 하루 종일 말싸움만 하다가 해가 뜰 것이다.

한숨을 푹 내쉰 카미엘이 타이머를 바라보았다.

3:11

그는 이제 동료들을 데리고 다시 지하로 내려가기로 했다.

"지하로 갑시다. 폭탄이 터질 때까지 가만히 서 있을 수는 없잖아요?"

"그럽시다."

발록 용병단은 다시 왔던 길로 돌아가 지하 수로에 몸을 숨겼다.

그리고 잠시 후, 드디어 크리스털이 폭발하는 소리가 들렸다.

콰아아앙!

지하 수로 전체가 흔들릴 정도로 거대한 폭발이 일어난 후, 지하 수로의 맨홀 뚜껑 안으로 산산조각이 난 크리스털의 고운 입자가 마치 눈처럼 쏟아져 내렸다.

스르르릉!

옅은 달빛을 받은 크리스털의 입자가 마치 은가루를 뿌려놓은 것 같은 착각이 들게 만들었다.

"하는 짓은 지랄 맞아도 막상 가루를 내어놓으니 예쁘네요."

"그러게 말입니다."

카미엘은 초소형 정찰 로봇을 지상으로 올려 보내 상황을 살피기로 했다.

지이이잉!

벽면을 타고 올라간 정찰 로봇은 아직도 불길이 일렁이고 있는 크리스털의 모습을 생생하게 전달해 주었다.

로봇과 시선을 공유한 카미엘은 산산조각이 나버린 크리스털의 주변을 살폈다.

아주 박살이 나버린 크리스털의 주변으로는 언뜻 피처럼 보이는 액체가 흘러 다녔는데, 피가 흘러나오는 발원지는 놀랍게도 큐브형 몬스터들이었다.

크리스털을 이루고 있는 입자는 전부 큐브형 몬스터들이었던 것이다.

"저 크리스털이 큐브들의 군집입니다. 아무래도 저것들이 소환체가 되어 기계들을 불러내는 것 같아요."

"그게 가능한가요?"

"그러게 말입니다."

카미엘은 계속해서 큐브의 시체들 사이를 헤집고 다녔다.

지이이잉!

한참을 헤집고 다니던 정찰 로봇이 어느 한 지점 앞에 멈추어 섰다.

로봇은 더 이상 앞으로 나아가지 못한 채 우뚝 서 있었다.

카미엘은 정찰 로봇의 시야 정면으로 보이는 또 다른 크리스털을 바라보았다.

대략 인간 네 배 정도의 크기를 가진 투명한 크리스털 안에는 성인 여성으로 보이는 사람이 들어가 있었다.

순간, 카미엘이 화들짝 놀라 외쳤다.

"사, 사람?!"

"사람이요? 그게 무슨 소리예요?"

"크리스털 안에 사람이 갇혀 있습니다! 어서 나가보자고요!"

재빨리 맨홀 뚜껑을 열고 밖으로 나온 카미엘은 공중에 둥둥 떠 있는 크리스털 안의 여인을 바라보았다.

한데 그 여인의 얼굴이 어디선가 꽤 많이 보았다는 느낌이 드는 카미엘이다.

'어디서 많이 본 것 같은데……'

바로 그때, 카미엘의 뇌리에 한 여인의 얼굴이 스쳤다.

"카트리나?!"

순간, 카미엘의 눈가로 지나간 추억이 고스란히 물들기 시작했다.

그 자리에 딱딱하게 굳어 망부석이 되어버린 카미엘에게 레이첼이 조심스럽게 물었다.

"아는 사람이에요?"

"…전 여친이라고 해두죠."

"누, 누구요?"

레이첼의 표정이 딱딱하게 굳어버렸다.


*　　　　*　　　　*


크리스털을 폭파하여 구출한 사람은 총 다섯 명이었다.

이 중 카미엘이 아는 사람은 한 명뿐이고 나머지는 현대의 지구에서 생활하던 사람으로 보였다.

이들을 구출하면서 카미엘 일행이 알아낸 사실은 각 크리스털이 에너지를 공급하는 역할을 했을 뿐만 아니라 크리스털 안

에 갇힌 사람의 지식을 통하여 소환수를 만들어냈다는 사실이
다.

다섯 명 중 한 명은 기계 마도학자이고 나머지 넷은 생명공
학자, 그리고 기계공학자, 의사, 장성급 군인이었다.

그러니 기계적 특성을 가졌음에도 불구하고 생명체의 특징
을 고스란히 품고 있었으며, 전략 전술에 능하고 스스로를 치료
하거나 개량할 수가 있었던 것이다.

크리스털을 대전 국방과학연구소로 가지고 온 카미엘은 이것
들을 어떻게 하면 분해하고 사람을 구할 수 있는지 알아보았다.

국방과학연구소장 김태춘은 유기물질 안에 갇혀 버린 이 사
람들을 구해내기 위해선 시간이 필요하다고 말했다.

"일단 큐브형 몬스터 안에 갇힌 이 사람들에 대한 연구가 선
행되어야 합니다. 석화가 되었다면 되살릴 수 없을 것이고, 큐브
형 몬스터를 떼어냈을 때 사람이 죽는지 사는지도 알아봐야 합
니다."

"흠……."

"뭐, 일단 큐브형 몬스터를 분해하는 것은 그리 어렵지 않습
니다. 그 방법에 대해선 김두이 선생님께서 알아내셨으니 말입
니다."

아마도 하루 이틀 내로 이들을 살릴 수 있을지 없을지가 판
단될 것이다.

카미엘은 심란한 표정으로 그녀를 바라보았다.

"…꼭 좀 살려주십시오. 부탁드립니다."

"최선을 다하겠습니다. 하지만 모든 것이 신의 뜻에 달렸으니 뭐라 장담할 수는 없겠네요."

"그렇군요."

이 세상의 그 어떤 전문가도 너무 좋거나 나쁜 쪽으로 특정 짓는 경우는 없다.

자신이 아는 선에서 충분히 일어날 수 있는 경우의 수로만 이야기하기 때문이다.

복잡한 심경에 사로잡힌 카미엘에게 현주가 다가왔다.

"사랑했나 보지?"

"그럭저럭?"

"무슨 대답이 그래?"

카미엘은 씁쓸한 미소를 지었다.

"글쎄, 나는 사랑이라는 감정을 잘 몰라. 그래서 그게 사랑인지 뭔지 잘 모르는 것이겠지."

아들은 있었지만 그 아들을 낳은 여자를 아내라고 부를 수 있을 정도로 가깝지는 않았기 때문에 사랑했다고 자신 있게 말할 수가 없었다.

그녀를 만나기 전에 스쳐 지나간 여자들 역시 비슷했기 때문에 딱히 사랑이라 단정할 자신이 없었던 것이다.

현주는 카미엘을 위로하고자 한마디 건넸다.

"사랑은 아니더라도 그녀가 깨어났으면 좋겠네. 적어도 좋은 기억을 공유한 사람일 것 아니야?"

"좋은 기억이라……."

카미엘은 슬그머니 미소를 지었다.

"그래, 좋은 기억이 있지."

"추억은 좋은 거야."

그는 현주에게 고마움을 표시했다.

"고마워. 이번 일이 끝나면 소주 한잔 살게."

"마다할 이유가 없지."

이 세상에서 친구의 위로보다 더 힘이 되는 말은 없을 것이다.

카미엘은 임무가 끝나면 제대로 술 한잔 마셔볼 생각이다.

**제7장**

길

이른 아침, 50명의 채혈을 끝낸 솔로몬은 전술용 비행기에 샘플을 안전하게 실어두었다.

이제 비행기를 타고 한국으로 가면 본격적인 실험에 착수하게 될 것이다.

솔로몬이 떠나는 곳까지 따라온 크리스틴과 줄리아가 연신 감사의 인사를 전했다.

"고맙습니다. 선생님의 의료비 지원이 아니었다면 아이린은 살아남지 못했을 거예요."

"사람의 목숨은 그리 쉽게 끊어지지 않소. 내가 아니었더라도 아이린은 꿋꿋이 병마와 싸워 이겨냈을 거요."

"아무튼 이 은혜는 죽을 때까지 두고두고 갚겠습니다."

"아이린이 잘 커서 훌륭한 어른이 된다면 그것이 곧 은혜를 갚는 일 아니겠소? 내가 의료비 지원을 해준 것을 너무 짐이라 생각하지 마시오. 그냥 착하게 산 덕이라고 생각하면 되겠군."

"감사합니다."

연신 감사 인사를 전하던 그녀의 곁으로 머리에 붕대를 감은 네이튼이 슬금슬금 걸어왔다.

그는 솔로몬에게 다짜고짜 욕을 내갈겼다.

"퉤! 가다가 비행기나 추락해서 죽어버려라!"

"…네이튼!"

크리스틴은 솔로몬에게 다가서는 네이튼을 뒤로 밀어냈다.

"더 이상 예의 없게 굴지 마. 네가 못한 아비 노릇을 이분이 대신 해주신 것이니까."

"뭐라?"

"아이가 아플 때 가정을 내팽개치고 밖에서 술이나 퍼마신 네가 아비 소리를 들을 자격이 있는지 모르겠지만, 그래도 씨는 뿌려주었으니 호칭은 붙여줄게. 하지만 이젠 그것도 마지막이야. 앞으론 아이린의 아버지로서 살아갈 수 없을 거야. 이젠 우리 가족에게서 좀 사라져 줘."

"……"

네이튼이 솔로몬에게 물었다.

"이봐, 꼰대. 네가 보기에도 내가 아비로서 자격이 없어 보이나?"

"하는 행동으로 봐선 그래 보이는군."

"그렇다면 어떻게 해야 아비 노릇을 제대로 하는 건데? 한번 들어나 보고 싶군."

솔로몬은 어깨를 으쓱 들어 보였다.

"나도 잘 몰라. 하지만 최소한 아픈 자식을 내팽개치는 사람을 결코 좋은 아버지라고 볼 수는 없을 것 같군."

"그럼 돈을 많이 벌어오면 좋은 아버지가 되는 건가?"

"그거야 네 스스로 어떻게 생각하느냐에 따라 다르겠지."

"…어렵군."

솔로몬은 네이튼에게 나름대로의 조언을 해주었다.

"사람답게 살아라. 너를 나락으로 떨어지게 만든 모든 것을 버리고 새 삶을 시작해. 그럼 저절로 아버지로서의 자격이 생길 것이다."

"경험에서 우러난 충고인가?"

"좋을 대로 생각해."

네이튼은 주머니에서 꼬깃꼬깃해진 지폐 몇 장을 꺼내어 솔로몬에게 건넸다.

"받아라."

"이게 뭐야?"

"성의 표시다. 매 값이라고 생각하면 편하겠군."

"사람을 두들겨 패준 값이라고?"

"그래서 정신을 좀 차린 것 같거든."

솔로몬은 일단 그것을 받아서 주머니에 넣었다.

"일단은 받겠다. 앞으로 내가 성공하게 되면 그보다 더 값진 것을 선물하겠다. 그리고 아이에게 들어간 병원비도 갚아나갈 것이고."

"꼭 그렇게 되기를 바란다."

비록 사랑의 매는 아니더라도 솔로몬은 네이튼이 사람답게 살았으면 좋겠다고 생각했다.

화가 난 것도 있었지만 솔로몬은 한 가정이 부디 평화를 되찾았으면 하고 바란 것이다.

네이튼이 크리스틴에게 자신의 지갑을 건넸다.

"받아."

"…무슨 뜻이야?"

"줄 것이 이것밖에 없다. 원래 이혼하면 위자료를 주는 것 아닌가? 그런데 나는 줄 것이 아무것도 없어. 그러니 이것이라도 일단 받으라고."

크리스틴이 촉촉해진 눈으로 그를 바라보았다.

"떠나는 거야?"

"나도 사람답게 살아야지. 다시 운동도 시작하고 재활에 성공해서 타이틀 도전자가 될 거야."

네이튼은 그녀에게 자신의 결혼반지를 빼내 건넸다.

"이젠 이것도 필요 없겠군. 만약 나 대신 좋은 남자를 만나면 같이 잘 살아. 재기에 성공하면 양육비 정도는 챙겨줄게."

"…끝까지 제멋대로네."

"파이터니까."

솔로몬은 그가 진심으로 재기에 성공하기를 바랐다.

"돌아갈 체육관은 있나?"

"알아봐야지."

"돌아갈 곳이 없다면 연락해도 좋다."

"후후, 그럴 일은 없어. 이 세상에 스폰서 없이도 잘 싸우는 파이터도 꽤 있으니까."

"그래, 그 정도 각오면 되었다."

네이튼은 솔로몬보다 먼저 돌아섰다.

"난 간다. 조만간 TV에서 다시 보자고."

"그래."

과연 그가 재기에 성공할지는 더 두고 봐야 할 일이지만 모두의 염원이 그를 향하고 있는 것만은 확실해 보인다.

\*　　　　\*　　　　\*

대전 국방과학연구소로 카미엘과 솔로몬이 도착하였다.

이제 지연석이 말한 대로 몬스터의 DNA를 인간에게 주입시켜 자가 합성이 가능한 상태로 만들기만 하면 된다.

지연석은 자신의 머리에 있는 지식을 토대로 유전자지도를 재구성하여 DNA 합성이 가능한 몸으로 만들어주는 단백질 주사를 고안해 냈다.

제4 지하 연구동에 강철 사슬로 만들어진 실험대가 놓였다.

철컹, 철컹!

지연석은 자신의 팔에 묶인 강철 사슬의 강도를 스스로 확인해 보았다.

"좋습니다. 이 정도면 헐크가 튀어나와도 빠져나갈 수 없을 겁니다."

카미엘은 무척이나 덤덤한 그를 바라보며 물었다.

"두렵지 않습니까? 성공하면 사지로 나아가야 합니다."

"무섭죠. 안 무서우면 사람입니까? 하지만 해야 할 일이니 하는 겁니다. 그리고 내가 처리해야 할 일이니 무서워도 가는 거죠."

"대단한 의지입니다."

지연석은 머쓱한 표정을 지었다.

"그렇게 대단할 것 없습니다. 사람이 죽고 사는 것은 어차피 한 끗 차이 아니겠습니까?"

"…그런가요?"

잠시 후, 고밀도 주사기에 유전자 합성 단백질 주사액이 채워졌다.

꾸르르륵!

마치 슬라임처럼 생긴 단백질 주사액은 버튼 하나만 누르면 곧장 지연석의 몸으로 직행하게 될 것이다.

카미엘은 지연석에게 마음의 준비가 끝났는지 물었다.

"시작할까요?"

"네, 시작해 주십시오."

이번 실험에 대해서 아는 사람은 카미엘과 11군단 수뇌부, 그리고 실버 나이프 정도였다.

국방과학연구소에서도 지하 병동에서 무슨 실험이 진행되는지 자세히는 모르고 있었다.

아마 지금 연구원들은 유엔에서 그저 작은 연구를 진행하고 있다고만 알고 있을 것이다.

카미엘은 지연석의 몸에 주사액을 주입시켰다.

슈우우욱!

대략 300$ml$의 주사액이 지연석의 몸으로 쭉 밀려들어 갔다.

그러자 지연석의 눈동자가 서서히 샛노랗게 물들기 시작했다.

"으허어어어억!"

카미엘과 솔로몬은 지연석이 준 보고서에서 본 대로 그가 격렬한 반응을 보일 것이라 예상했다.

그 예상은 아주 제대로 적중하여 그는 경련을 일으키고 있었다.

"허, 허어어!"

몸이 제멋대로 뒤틀리고 입에서 순백색 액체를 뿜어내는 등의 이상 행동을 보였으나 어디까지나 예상 범위 내의 모습이다.

잠시 후, 그의 발작이 서서히 잦아들더니 드디어 정상 범주 안으로 들어왔다.

"후우……."

"이제 좀 진정이 되는 모양이군요."

"그럼 이제 유전병 인자를 주입하면 되는 건가?"

"그렇지요."

카미엘은 두 번째 주사액을 주입시킬 준비에 들어갔다.

푸욱!

그는 지연석의 심장 부근에 꽂혀 있는 바늘을 뽑고 그곳에 대략 20$ml$의 혈청을 주사할 고압력 주사기를 꽂았다.

이제 곧 지연석의 몸을 더 빨리 안정화시킬 수 있는 혈청과 함께 유전병 인자를 잠복시킨 DNA가 동시에 주사될 것이다.

아마 이것으로 지연석의 고통은 끝이 나겠지만 그것은 지연석을 사지로 몰아넣는 전초전이 될 터였다.

카미엘이 두 번째 주사기의 주입 버튼을 누르자, 혈청이 주입되면서 그의 안색이 빠르게 회복되어 갔다.

잠시 후, 지연석이 드디어 정신을 차렸다.

"…살아 있군요."

"실험은 성공인 모양입니다."

"다행입니다. 인간의 신체에는 처음으로 시도하는 실험이었기에 그 결과가 어떻게 될지 아무도 장담할 수 없었거든요."

"그렇군요."

지연석은 곧장 제주도로 떠날 채비를 차리기로 했다.

"갑시다. 어차피 갈 것, 조금이라도 빨리 일을 처리하고 싶습니다."

"그래요. 그럼 그럽시다."

이제 제주도에 군집해 있는 몬스터들의 심장부로 파고드는 일만 남은 셈이다.

\*　　　\*　　　\*

이른 새벽, 팬텀들과 발록 용병단이 지연석을 데리고 몬스터의 소굴 중심지로 향하는 중이다.

다다다다!

전술용 헬기를 타고 몬스터 소굴로 다가서자 엄청난 숫자의 비행형 몬스터들이 몰려들었다.

크르르르릉!

언제라도 헬기를 뜯어 먹을 수도 있다는 것을 과시하는 듯이 주변을 빙글빙글 돌면서 위협하거나 실제로 거대한 아가리를 벌리기도 하였다.

하지만 몬스터들은 쉽사리 전술용 헬기를 공격하지 못했다.

놈들의 여왕인 오라클이 지연석을 산 채로 잡아먹게 하기 위해 함부로 아가리를 놀릴 수가 없는 것이다.

"서열 1위의 등장을 기다리는 건가요?"

"아마도 그렇겠지요."

지연석은 자신이 키워낸 오라클이 스스로를 잡아먹기 위해 직접 나타날 것이라고 예상했다.

"본체를 드러낼 것입니다. 그때 저를 놈에게 버리고 최대한 빨리 이곳을 벗어나기 바랍니다. 더 이상의 희생이 발생해선 안 되잖아요?"

"알겠습니다."

잠시 후, 지연석의 예상대로 몬스터들의 무리를 헤치고 거대한 날개를 가진 오라클이 등장했다.

스스스스스!

일전에는 보지 못했지만 어느새 날개까지 만들어낸 오라클이다.

그녀는 헬기 인근까지 다가와 일행에게 말을 걸었다.

"…협상을 위해 왔나?"

"그렇다."

"후후, 재미있는 인간들이군."

"네가 원하는 것을 주겠다. 대신 우리의 영역을 침범하는 행위를 멈추어주었으면 한다."

오라클이 지연석을 바라보자 그가 먼저 입을 열었다.

"나를 원하는 것 아닌가? 그러니 받을 것 받고 전쟁을 멈추어주었으면 좋겠다."

"…네놈을 잡아먹고 전쟁을 끝내면 나에게 남는 것은?"

"고등 종족으로의 진화겠지."

"흠."

사실 지금 오라클의 입장에서 본다면 굳이 지연석을 잡아먹으면서까지 전쟁을 멈출 이유가 없었다.

이 정도 세력이면 대한민국은 물론이고 동북아시아쯤은 가볍게 집어삼킬 수 있다는 것을 너무나도 잘 알고 있기 때문이다.

물론 지휘 촉수나 비홀더 등을 잡으면 몬스터의 지휘 계통에 이상이 생기겠으나 그 공백을 채울 오라클이 있으니 맹점은 충분히 보완된다.

한마디로 아쉬울 것 하나 없는 쪽은 오라클이라는 소리였다.

그렇지만 인간이 그러하듯 오라클 역시 자신이 오래도록 갈망하던 물건에 대한 소유욕이 넘쳤다.

가만히 지연석을 바라보던 그녀가 슬그머니 고개를 끄덕였다.

"…좋다, 그렇게 해주지."

"좋은 선택이군."

"하지만 조건이 하나 있다."

"조건?"

"네놈과 함께 우리의 군락으로 들어올 인간이 한 명 더 있어야 한다."

"그건……."

그녀는 정확하게 카미엘을 지목하였다.

"저 인간, 저 인간을 같이 데리고 갈 수 있다면 전쟁을 끝낼 용의도 있다."

"…무슨 조건이 그런가? 사람 한 명으로는 부족하다는 것인가?"

"협상은 무조건 유리하게. 그게 인간들의 상식 아닌가? 나도 전쟁을 멈추어주는데 원하는 것을 좀 얻어봐야겠다."

아마 오라클은 일전에 카미엘과 치른 공방전에서 어떠한 감명을 받은 모양이다.

발록 용병단과 팬텀은 카미엘의 투입을 완강하게 반대하였다.

"…안 된다. 대장까지 희생할 필요는 없어."

"맞아. 실버 나이프가 더 이상 희생하는 것은 있을 수 없는 일이다. 저 괴물이 아주 욕심이 많군."

오라클은 실버 나이프들에게 협상 결렬에 대해 알렸다.

"그렇다면 협상은 없던 것으로 하지. 당장 잡아먹지 않는 것을 천운으로 알아라."

"좋아, 원하는 바다."

"…잠깐!"

카미엘은 실버 나이프에게 자신의 투입을 종용하였다.

"제가 가겠습니다."

"말도 안 되는 소리! 저놈들이 자네를 뜯어 먹기라도 한다면……."

"압니다. 하지만 지금은 그런 것을 따질 겨를이 없지 않습니까?"

그는 어차피 몬스터들이 괴사하고 나면 돌아오는 길이 홀가분할 것이라고 생각하였다.

어차피 작전이 실패하면 11군단이 무너지고 자신의 터전이 없어질 텐데 지금 몸을 사리는 것은 불필요한 처사라고 판단한 것이다.

카미엘은 실버 나이프들에게 말했다.

"내가 갑니다. 줄 것은 주고 얻을 것은 빨리 얻는 편이 좋아요."

"하, 하지만……."

"때론 손해를 볼 때도 있어야지요."

그는 자신의 생환에 자신감이 있었기 때문에 표정에서도 확신이 보였다.

솔로몬은 결국 그의 의사를 존중하기로 했다.

"좋아, 그럼 가게."

"알겠습니다."

"다만……."

카미엘은 고개를 끄덕였다.

"압니다."

"그래."

그는 오라클에게 동행하겠노라 말했다.

"같이 가지."

"오호, 꽤나 용기가 있는 인간이군."

"줄 것 주고 빨리 끝내는 것이 서로 좋지 않겠나?"

"그래, 정답이로군."

그녀는 카미엘과 지연석의 손을 잡았다.

스스스스!

놀랍게도 두 사람은 손을 잡는 것만으로도 하늘을 날 수 있게 되었다.

오라클은 슬그머니 미소를 지었다.

"만족스러운 식사가 되겠군."

"…그래."

카미엘은 지연석과 함께 오라클의 둥지로 향했다.


*　　　　　*　　　　　*


오라클의 둥지 안에는 그녀의 측근들이 득실거렸다.

각 몬스터들의 최종 진화형으로 보이는 몬스터들이 일렬로 늘어서 있었는데, 카미엘과 지연석을 바라보며 군침을 삼켜댔다.

크르르르룽.

"끝판왕들의 집합소인가? 흥미롭군."

오라클은 측근들에게 나가라는 손짓을 했다.

"중요한 순간이다, 나가라."

크룽.

그러자 몬스터들이 어쩔 수 없다는 듯 둥지에서 자취를 감추었다.

그녀는 방해꾼이 없어졌다고 생각했는지 본격적으로 자신만의 의식을 시작하였다.

"흐음, 그럼 고대하던 먹이를 좀 먹어볼까?"

"소원 성취를 해서 기분이 좋은가?"

"물론이지."

지연석은 살며시 눈을 감았다.

"…시작하지."

"마지막으로 남길 말 같은 것이 있으면 해라. 그 정도는 들어주지."

"만약 내세가 있다면 우리 모두 인간으로 태어나자. 그래야 이런 악연의 고리가 또다시 생기지 않을 것 아닌가?"

"후후, 그럴 일은 없을 것 같군. 나는 앞으로 영원토록 죽지 않을 것이거든."

"그런가?"

만약 그녀의 예상대로 지연석의 지식이 정확하게 전달된다면 몬스터는 앞으로 영원히 죽지 않고 DNA 개량을 하여 최후까지 살아남게 될 것이다.

그러니 그녀가 내세라는 것을 생각하지 않는 것은 어쩌면 당연한 일이었다.

그녀는 손을 뻗어 지연석의 목덜미로 촉수를 가져다 댔다.

꾸르르르륵!

이제 그녀가 지연석의 신체를 촉수로 휘감게 되면 그의 신체는 흔적도 없이 사라질 것이다.

지연석이 카미엘을 바라보며 미소를 지었다.

"내세에서 봅시다."

"그럽시다."

오라클은 지연석의 몸통을 한껏 일그러뜨렸다.

우드드득!

잠시 후, 그의 몸이 계속해서 일그러지더니 이내 작은 점이 되어 사라져 갔다.

그녀는 순식간에 지연석을 먹어치우고 그의 DNA를 빠르게 받아들이기 시작했다.

이윽고 그녀는 아주 만족스러운 미소를 지었다.

"후후, 그래, 이제야 몇 가지 의문점이 풀리는군. 역시 이래서 생명체는 진화를 거듭해야 살아남을 수 있다는 것이군."

"소원 성취를 한 기분이 어떤가?"

"날아갈 듯이 기쁘군."

카미엘은 속으로 쾌재를 불렀다.

'이제 곧 저승에서 그를 다시 만나겠군. 그때도 그런 미소를 지을 수 있을지 궁금하구나.'

속으로 실실거리며 웃고 있던 카미엘에게 그녀가 물었다.

"네놈은 스스로의 끝이 어떨 것이라 생각하는가?"

"나를 뜯어 먹기 위해 데리고 온 것 아닌가?"

"후후, 그렇게 생각했나?"

순간, 카미엘이 고개를 갸웃거렸다.

"그럼 나를 데리고 온 이유가 뭔가?"

"너를 원하는 사람은 따로 있다."

어리둥절한 표정을 짓는 카미엘의 머리 위로 한 신형이 뚝 떨어져 내렸다.

파밧!

카미엘의 앞에 선 사람은 대략 30대 초반으로 보이는 여자였다.

그녀는 카미엘을 바라보며 제법 상큼한 미소를 지었다.

"드디어 만났군. 네놈을 찾아서 얼마나 헤맸는지 몰라."

"나를 찾아다녔다니……."

"내가 무슨 용건이 있는지는 차차 알게 될 것이다. 일단 가지."

오라클이 유독 카미엘을 지목한 것은 이 여자와 모종의 계약을 맺었기 때문으로 보였다.

그렇다면 처음부터 이들은 계획적으로 이와 같은 일을 벌인 것인지도 모른다.

그녀는 가볍게 손가락을 튕겼다.

따악!

그러자 카미엘의 발아래로 갑자기 거대한 구멍이 하나 뚫렸다.

부우우욱!

"허, 허억!"

"그럼 어디 천천히 대화 좀 나눠볼까?"

"…젠장."

결국 카미엘은 수렁 아래로 천천히 떨어져 내렸다.

슈우우욱!

"으으윽!"

꽤 빠른 속도로 하강하는 것을 보니 아래에서부터 카미엘을 빨아 당기는 무언가가 있는 것 같았다.

카미엘이 정신을 차리고 아래를 내려다보니 그곳에는 엄청난 숫자의 몬스터들이 우글거리고 있었다.

쿠오오오오오!

"모, 몬스터?!"

"일단 좀 두들겨 맞고 시작하는 것이 좋을 것 같아서 말이야. 미안, 좀 아플 거야."

"…빌어먹을."

몬스터를 소탕하러 왔다가 도리어 몬스터 소굴에 갇히게 생긴 카미엘이다.

*       *       *

지연석의 희생 후, 11군단은 세균탄을 마구 터뜨려 몬스터의 군락을 공격하였다.

최초 개전 이후에 벌어진 전투 중에서 포격전을 제외하곤 처음으로 갖는 11군단의 선제 타격이다.

―여기는 전투비행단, 제1 구역에 세균 연막탄을 투척하겠다.

―입감.

―여기는 포병대대, 제2 구역과 제3 구역에 세균연막탄을 투척한다. 전투비행단은 1차 폭격 이후 곧바로 선회하여 베이스로 귀환하기 바란다.

―알겠다.

아마도 몬스터들은 지금쯤 이놈들이 무슨 말도 안 되는 짓을 하는가 하고 어리둥절할 테지만 앞으로 며칠만 더 있으면 궤멸 직전까지 몰리게 될 것이다.

현재 인간이 백신을 개발하긴 했지만 전염성이 강하고 치사율이 높은 바이러스 30종이 퍼져 제주도 남부를 덮을 것이다.

한국 정부는 전국에 일제히 예방접종 처방을 내려 무료 접종을 실시하고 혹시나 예방접종을 못해서 바이러스에 감염되면 종합백신을 무료로 접종하도록 조치했다.

이제 제주도의 세균전이 성공을 거두기만을 기다리면 일이 끝나게 될 것이다.


공격 이틀 후, 몬스터의 파상 공세가 점점 잦아들기 시작했다.

심지어 정찰비행단은 비행형 몬스터가 정찰기를 보고도 공격하지 못하는 광경을 포착하였다.

11군단은 앞으로 일주일간 세균탄을 지속적으로 투척하면서 추이를 지켜보고 몬스터들의 공세가 완전히 수세로 돌아서면 포격을 통해 몬스터의 군락을 초토화시키기로 했다.

이제 더 이상 보병이 희생되는 것을 원치 않은 것이다.

백성식 중장은 예하 부대의 부대장들에게 보고를 받았다.

가장 먼저 보고를 올린 쪽은 24보병사단이었다.

"수색대대의 보고에 의하면 현재 몬스터의 군락에서 신종플루와 비슷한 증상을 보이는 몬스터들이 발견되고 있답니다."

"신종플루?"

"고열과 기침, 콧물, 몸살로 보이는 증상들이 몬스터들을 괴롭히고 있는 것이지요."

부대장들은 실소를 흘렸다.

"훗, 몬스터가 독감이라…… 이것 참, 웃기는 일이군."

"아주 가관도 아니랍니다. 몬스터가 기침을 하다가 피를 토하는가 하면 걸어가는 도중에 계속 설사를 쏟느라 싸우지도 못하고 그냥 픽픽 쓰러진답니다."

"흥미로운 현상이군. 그럼 유전병이 제대로 먹혀든 것인가?"

"아무래도 그런 것 같습니다. 유엔에서 50개의 유전병을 한꺼번에 섞어서 인자를 만든 것은 거의 신의 한 수라고 생각합니다. 이제 와서 유전자를 개량한다고 해도 그 원인을 찾는 데 한참 걸릴 것이고 보완할 문제도 한두 개가 아니라서 제아무리 자가 진화를 하는 놈들도 힘에 부칠 겁니다."

백성식 중장은 이 작전을 고안해 낸 지연석의 희생이 못내 안타깝게 느껴졌다.

"그나저나 이 작전을 텔링한 과학자가 너무나도 아깝군. 그가 살아 있다면 어떻게든 인류에 공헌했을 텐데 말이야."

"그래도 그의 희생이 있었기에 작전이 이만큼 풀린 겁니다. 그가 희생하지 않았다면 지금쯤 싸우다가 지쳐서 방어선이 뚫렸을 것입니다."

"그래, 그건 그렇지."

그는 화제를 전환하여 카미엘에 대해 물었다.

"그나저나 발록 용병단장은 귀환했나?"

"아직 소식이 없습니다. 벌써 나흘째 연락이 두절되었습니다."

"…흠, 설마 몬스터들에게 당하여 목숨을 잃은 것은 아니겠지?"

"그렇지 않았을 것이라고 믿는 수밖에 없습니다. 현재로선 그의 흔적조차 찾기가 힘드니 말입니다."

"그렇군."

백성식은 쓸쓸한 표정을 지었다.

"이번 세균전이 끝나면 보병력을 동원하여 그를 찾아보도록 하지."

"예, 알겠습니다."

"아무튼 우리는 우리의 일을 계속한다. 세균전을 지속하고 몬스터를 궤멸시킨다."

"예!"

이제 전투는 새로운 국면으로 접어들었다,

# 제8장
예상 밖의 일

카미엘이 지하 동굴이라고 생각한 구멍은 뜻밖에도 아공간인 것 같았다.

막상 추락이 끝나고 나니 공간 왜곡 현상이 일어나면서 주변의 경관이 바뀐 것이다.

사방이 캄캄하던 아공간이 몬스터들이 서식하기 좋은 거대한 정글로 변하면서 카미엘에게 절대적으로 불리한 상황이 된 것이다.

그는 난감함을 느꼈다.

"빌어먹을, 이대로는 싸우기가 좀 힘들 것 같은데……."

바로 그때, 몬스터들이 슬슬 그를 향해 달려들기 시작했다.

쿠오오오오오!

키헤에에엑!

자이언트 사우르스는 물론이고 바질리스크와 가우스트 물뱀 등 중형 몬스터 이상의 강력한 무리가 그를 향해 줄을 지어 물결치듯 달려들었다.

카미엘은 일단 이곳에서 도망치기 위해 수풀 안으로 몸을 숨겼다.

하지만 그가 수풀에 몸을 숨기자마자 바닥이 푹 꺼지면서 원점으로 되돌아왔다.

꿀렁!

"젠장!"

도망가도 다시 원점으로 되돌아온다면 그가 마법을 캐스팅할 시간도 주어지지 않는다는 소리였다.

일단 그는 자신을 향해 달려드는 맨 첫 번째 몬스터의 다리를 발록 블레이드로 베어버렸다.

서걱!

몬스터에게도 아킬레스건과 같은 부위가 존재하기 때문에 힘줄이 잘리면 걷지를 못하게 된다.

하지만 어처구니없게도 카미엘이 벤 몬스터는 실체가 아니라 허상이었다.

퍼엉!

마치 구름이 흩어지듯 사라진 자이언트 사우르스의 뒤로 그 레이트 호넷의 독침이 날아왔다.

퍼억!

"크허억!"

카미엘은 그레이트 호넷의 독침이 효력을 발휘하기 전에 재빨리 침을 빼내고 그곳을 검으로 잘라냈다.

서걱!

끼헤에에에엑!

"허억, 허억!"

이제 보니 이곳은 허상과 실상이 공존하는 이상한 공간인 것 같았다.

이놈들이 전부 다 몬스터라도 살아남을 수 없을 판인데 어떤 놈은 허상이고 어떤 놈들은 실체라면 싸우기가 여간 까다롭지 않을 것이다.

"빌어먹을, 제대로 걸렸군."

카미엘이 검을 겨누고 서 있는 사이, 그의 머리 위로 날카로운 전기 폭풍이 떨어져 내렸다.

콰지지지지직!

순간, 그는 동물적인 감각을 발휘하여 신형을 뒤로 물렸으나 폭풍을 피해내긴 역부족이었다.

쾅!

"크으으으으윽!"

카미엘의 몸으로 전류가 흘러 다니면서 그의 통제기에 일시적 오류가 발생했다.

끄웨으으으윽?!

요상한 소리를 내며 잠들어 버린 발록은 더 이상 카미엘의 부름에 답하지 않았다.

'어이, 이봐! 어서 일어나! 네가 잠들어 버리면 나는 어쩌라는 거야?!'

뜻밖의 공격에 중요한 아군을 잃어버린 카미엘은 난감한 상황에 처하고 말았다.

잠시 후, 공중에서 웬 여자 하나가 뚝 떨어져 내렸다.

챙!

카미엘은 헛물을 집어삼켰다.

"젠장!"

까앙!

그녀의 공격을 간신히 막아내긴 했지만 카미엘은 자신의 어깨를 고스란히 내주고 말았다.

푸하아아아아악!

"크윽!"

카미엘의 어깨에 깊은 자상을 남긴 묘령의 여인이 그의 목덜미에 검을 들이밀었다.

척!

"네놈이 바로 차원의 틈을 빠져나온 기계 마도사로구나."

"…나를 아는가?"

"내 주인의 일에 사사건건 방해를 놓는다고 하더군. 그렇게 자꾸 방해 공작을 펼치고 다니면 오래 살기 힘들 텐데, 왜 그랬나?"

"후후, 그러는 네놈은 왜 그런 말도 안 되는 사상을 가진 놈과 붙어 다니게 된 것이냐? 이유가 뭐야?"

"네놈은 이해할 수 없는 대의가 있다."

"…대의는 개뿔."

그녀는 카미엘의 목덜미에 점점 더 깊이 검을 찔러 넣었다.

푸욱.

"자, 그럼 마지막 유언을 듣겠다. 하고 싶은 말이 있나?"

"…없다."

"그렇다면 이것이 마지막이 되겠군."

카미엘의 목덜미에 검이 들어오려는 찰나, 오류가 일어난 통제기가 다시 작동하기 시작했다.

우우우우웅!

으헤헤, 으에에에?!

'이 새끼가 술을 처마셨나?'

—…감전이 되어서 그래. 으헤헤, 으헤헤헤헤!

'빌어먹을.'

비록 오류가 나는 바람에 발록이 제정신은 아니었지만 통제기 안에 영혼이 들어가 있다는 것이 중요했다.

카미엘은 곧장 검을 소환하여 그녀의 검을 쳐냈다.

챙!

"……?"

"지렁이도 밟으면 꿈틀거린다는 사실을 알아야지."

그는 곧바로 자폭 로봇을 소환하였다.

끼릭, 끼릭!

이제 자폭 로봇이 걸어나왔으니 소환의 물꼬를 튼 셈이다.

"자, 그럼 시작해 볼까?"

"훗, 재미있는 놈이로구나. 그 빌어먹을 장치가 깨진 줄 알았더니 그게 아니었어?"

"그렇게 쉽게 깨질 것 같으면 내가 괜히 마도사겠나?"

"뭐, 좋아. 어차피 네놈은 죽고 사라질 테니까."

그녀가 손을 뻗어 카미엘을 가리키자, 엄청난 숫자의 몬스터가 밀물처럼 몰려들었다.

"가라!"

쿠오오오오오!

카미엘과 발록은 바짝 긴장했다.

―이대로 죽으면 어떻게 되는 거야?

'어쩌긴, 그냥 죽는 거지.'

―큭큭, 객사인가?

'그런 셈이지.'

카미엘은 만약 여기서 죽는다면 길동무가 있어서 외로울 것 같지는 않겠다고 생각했다.

<br>

*　　　　　*　　　　　*

<br>

무려 다섯 시간이 넘는 전투의 끝, 카미엘의 몸은 온통 피투성이였다.

"허억, 허억!"

크르르르르릉!

카미엘이 다친 만큼 몬스터들도 꽤 많이 죽어나갔지만 그 숫자는 여전히 많았다.

몬스터들의 파상 공세는 카미엘의 능력으로도 어찌할 수 없는 지경이었다.

그러나 여기서 포기할 수는 없었다.

"죽어라!"

카미엘은 자동 사격 로봇인 싸이클러를 소환하고 킬러비와 라바로 대량 살상을 노렸다.

퍼엉, 콰앙!

꾸웨에에에엑!

라바의 압도적인 폭발력 덕분에 몬스터가 대량으로 나자빠졌지만 이것만으론 역부족이었다.

1초에 100마리씩 죽여도 끝이 보이지 않을 정도의 몬스터이기에 카미엘의 능력에도 이제 슬슬 과부하가 걸리기 시작하였다.

털털털!

분당 1,500발을 발사하는 싸이클러의 내구도가 전부 다 소멸된 데다 라바의 탄알마저 바닥이 나버리는 바람에 카미엘에겐 오로지 킬러비의 전기 충격만이 남아 있는 상태였다.

크르르르르릉!

카미엘은 자신의 앞에 있는 변종 자이언트 사우르스를 바라보며 웃었다.

"지독한 새끼들, 아주 죽으라고 고사를 지내는구나."

이젠 마나가 고갈되어 카미엘이 할 수 있는 일은 존재하지 않았다.

끼릭, 끼릭, 쿠웅!

결국 골골대던 킬러비마저 땅바닥으로 우수수 떨어져 내리고 말았다.

카미엘은 조용히 눈을 감았다.

"젠장, 이제 정말 끝인가."

크아아아앙!

카미엘에게 자이언트 사우르스의 발톱이 날아와 박혔다.

퍼억!

"크허억!"

흐릿해지는 카미엘의 시선 너머로 자이언트 사우르스의 주둥이가 그 심장을 향해 벌어졌다.

크아악!

놈은 카미엘의 심장을 감싸고 있는 흉곽을 통째로 뜯어 먹었다.

우드드득!

"끄아아아악!"

카미엘의 몸이 고통으로 인해 떨려왔다.

푸하아아악!

그의 몸이 한도 끝도 없이 피를 쏟아내자, 자이언트 사우르스가 흥분하여 소리를 고래고래 질러댔다.

크앙, 크아아아앙!

카미엘은 축 늘어진 채로 서서히 정신을 잃어갔다.

'…정말 끝인가 보다.'

바로 그때였다.

흐릿해지던 카미엘의 시야로 희미한 빛이 뿜어져 나왔다.

스스스스!

그것은 기능을 다한 것처럼 보이던 통제기가 마지막 불을 내뿜는 것이었다.

통제기를 제어하는 발록이 침묵하면서 그 안에 잠들어 있던 혈마 블러디안이 깨어났다.

―…피투성이군. 제법 맛있게 요리가 되었구나.

'네놈은 내가 죽을 때까지 미친놈처럼 날뛰는…….'

―크헤헤, 그게 바로 나다!

블러디안은 카미엘의 몸에서 쏟아져 나온 피를 고스란히 흡수하여 본래의 모습을 갖추어가기 시작했다.

끼헤헤헤헤헤!

우드드득, 우드드드드득!

원래 블러디안은 피로써 자신의 모습을 갖추어 나가기 때문에 이글거리는 불꽃과도 같은 형상이다.

불꽃처럼 타오르던 블러디안의 피가 이내 거대한 팔을 갖게 되었다.

뚜두두둑!

―크헤헤헤헤, 먹이다!

크오오오?

그는 카미엘의 심장을 도려내 먹어치우려는 자이언트 사우르스의 아가리를 양손으로 잡더니 이내 위아래로 찢어버렸다.

퍼억!

끄에에에에엑!

―…괴물은 괴물에게로!

블러디안은 자이언트 사우르스의 머리통을 단숨에 물어뜯어 버렸다.

우드드득, 퍼억!

자이언트 사우르스는 머리부터 몸통까지 차례대로 뜯어 먹혀 결국엔 아무것도 남지 않게 되었다.

하지만 통제기의 압박에서 벗어난 블러디안은 멈추지 않고 계속해서 피를 갈구하였다.

―피, 피……!

그는 카미엘이 해치운 몬스터의 시신에서 피를 흡수하여 자신의 끝도 없는 갈증을 해소시켜 나갔다.

꿀꺽꿀꺽!

―캬하! 좋다!

하지만 그가 본체를 회복해 나갈수록 카미엘과 통제기 역시 그 힘을 서서히 회복할 수 있었다.

그러나 카미엘은 딱히 블러디안을 통제하려 하지 않았다.

'그래, 어디까지 날뛰나 한번 두고 보자.'

―낄낄낄! 살아났나?! 네가 나를 말리지 않는다면 나 또한 마다하지 않고 맛있게 식사를 하겠다.

피로 이뤄진 블러디안은 몬스터들에겐 거부할 수 없는 엄청난 유혹이다.

때문에 놈들이 눈을 까뒤집고 득달같이 달려들었다.

크아아아앙!

하지만 그것은 곧 맹수 우리로 돌진하는 염소와 같은 짓이었다.

블러디안은 자신에게 달려드는 몬스터들을 피의 마법진으로 끌어들여 단숨에 먹어치워 버렸다.

우드드드득!

─낄낄낄! 좋구나! 덤벼라! 나에게 피를 바치란 말이다!

몬스터들은 먹이를 먹기 위해 끝도 없이 달려들어 계속해서 블러디안의 배를 불렸다.

푸하아악!

그렇지만 그 피는 다시 블러디안의 몸으로 흡수되어 카미엘의 심장을 빠른 속도로 회복시켜 나갔다.

결국 5분도 채 지나지 않아 카미엘은 잃어버린 자신의 마나 서클을 다시 되찾게 되었다.

"후우, 이제 좀 살 것 같군."

─낄낄낄! 이젠 네놈도 피의 맛을 알아가는 것인가?!

"몬스터의 피는 역겹지만 항상 기분을 좋게 만들지."

─그래, 이제야 좀 뜻이 통하는군.

뜻밖의 일이 벌어져 블러디안이 선방하였지만 카미엘도 이대로 가만있을 수는 없었다.

"사냥을 시작하자. 난 아직도 배가 고프다."

―낄낄낄!

지금까지 그가 먹어치운 초대형 몬스터의 심장만 벌써 150개가 넘어가니 9서클 마스터의 심장이 원상 복귀되는 것은 시간 문제였다.

카미엘은 블러디안을 통하여 놈들의 피를 흡수하면서 각종 공격 장치를 동시에 소환하였다.

"멀티 어테커!"

멀티 어테커는 아주 작은 공장 형태의 소환물인데, 사람 주먹보다 약간 큰 공격 로봇을 자체적으로 생산하도록 되어 있다.

한 대당 50기의 공격 로봇을 생산하여 적을 제압하는 멀티 어테커는 카미엘의 마나서클 숫자만큼 소환하여 컨트롤할 수 있다.

서클의 숫자는 이미 다 회복한 상태이기에 카미엘의 멀티 어테커는 9대 모두 소환되어 몬스터들을 사정없이 사냥해 나갔다.

핑핑핑핑!

자연 상태의 입자를 분해하는 라이트닝 계열 마법탄을 쏘아대는 공격 로봇들은 카미엘의 앞을 가로막는 모든 것을 파괴시

컸다.

그러면서도 카미엘은 20대의 싸이클러와 라바, 킬러비, 자폭
로봇 등을 동시에 소환하였다.

바로 어제까지만 해도 마도기기를 한꺼번에 여러 개 소환하
는 것은 불가능했지만 이제는 그것이 가능해졌다.

마나서클이 보완되면서 동시다발적인 소환과 마법 컨트롤이
가능해진 것이다.

이제는 카미엘이 몬스터 군단을 압도하면서 오히려 일방적으
로 사냥을 벌이는 쪽으로 돌변하게 되었다.

한차례 공격에 무려 1,000마리가 넘는 몬스터가 죽어나가니
이것이야말로 추풍낙엽이 따로 없었다.

카미엘이 마치 빗자루로 낙엽을 쓸 듯 몬스터들을 쓸고 다니
자 통제기 안의 발록도 피가 끓는 모양이다.

─좋아, 그럼 나도 오랜만에 밖으로 좀 나가볼까?

심장의 마나서클이 강화되면 중앙 통제기 안의 발록 역시 그
능력이 강화되기 때문에 몬스터 특유의 감을 발휘하거나 아주
작게나마 통제기 밖으로 자신의 모습을 표출하는 것도 가능해
진다.

발록은 아주 오랜만에 통제기 밖으로 자신의 모습을 드러냈
다.

쑤욱!

마치 불타는 박쥐처럼 생긴 발록의 투사체, 즉 아바타라 불리는 물체가 카미엘의 어깨에 날아와 앉았다.

"이게 도대체 얼마만이지?"

"공간이동을 한 이후엔 처음이라고 볼 수 있지."

"후후, 난 이런 살육의 현장이 좋아. 마치 고향으로 되돌아온 느낌이라고나 할까?"

"…취향 참 특이하군."

"난 어디까지나 몬스터니까."

발록의 아바타가 바깥으로 튀어나오자마자 몬스터들의 공격이 조금씩 잦아들기 시작했다.

그가 뿜어내는 살기와 마기가 주변의 몬스터들을 압도했기 때문이다.

몬스터의 왕이라 불리는 발록이 가진 아우라는 제아무리 초대형 몬스터라고 해도 쉽사리 무시할 수 없는 수준이었던 것이다.

끄으으응.

점점 몬스터들의 공격이 잦아드는 찰나, 카미엘의 머리 위로 그녀의 신형이 한 번 더 떨어져 내렸다.

파밧!

"죽어라!"

"이젠 그런 말도 안 되는 짓거리들을 다시는 못 하게 만들어주마."

카미엘은 발록의 아바타를 그녀의 몸통으로 힘껏 집어 던졌다.

"오랜만에 영혼 채취나 한번 해볼까?!"

"…젠장! 또 나야?!"

"가라!"

퍼억!

발록이 날려가 그녀의 몸통에 꽂히자, 그 신형이 불에 타서 가루처럼 쏟아져 내리기 시작했다.

"끄아아아아아아!"

"오늘로 영혼이 하나 더 늘겠군."

"이참에 억제기를 하나 더 만들까? 천하랑과 친구하라고 말이야."

"으음, 그것도 괜찮은 방법이군."

발록의 아바타는 인간의 영혼을 흡수하거나 신체를 무너뜨려 영혼을 채취하는 능력을 가지고 있다.

이것은 발록이 통제기에 갇히기 전부터 가지고 있던 고유의 능력으로서, 그가 가지고 있던 능력이 아바타로 투영된 것이다.

결국 그녀의 영혼이 발록의 채집에 걸려 임시 영혼석의 형태로 갇혀 버렸다.

―…으아아악!

"시끄러운 녀석이군. 억제기를 만들어도 문제겠어."

"그래봐야 억제기에 갇힌 영혼이 뭘 어쩌겠어?"

"하긴."

블러디안은 여전히 아공간에 가득한 몬스터들을 바라보며 침을 질질 흘렸다.

―저, 저것들은 다 어떻게 하지?

"먹이다. 마음껏 먹어라."

크헤헤헤!

고삐가 풀린 블러디안은 보이는 족족 몬스터들을 흡수하기 시작했다.


*　　　　*　　　　*


늦은 밤, 서울 명상대학병원에 스칼렛이 응급실을 통해 들어왔다.

그녀는 개방성 복합골절이 일어난 부위를 전부 다 수술하고 틀어진 어깨뼈와 골반 등을 다시 맞추는 대수술을 받았다.

그 밖에도 자잘한 외과 및 성형외과 수술이 있었지만 내상을 입은 것에 비해 외상은 그리 크지 않았다.

삐빅, 삐빅.

스칼렛이 입원해 있는 병실에 진통제와 수액이 들어가는 기계음이 울려 퍼지고 있다.

깊은 잠에 빠져 있는 스칼렛의 주변으로 국정원 요원들과 실버 나이프 사무장 다니엘이 함께 들어왔다.

다니엘이 그녀의 상태에 대해서 물었다.

"좀 어떻습니까?"

"수술은 성공적입니다. 다행히도 얼굴이나 피부에는 외상이 그리 많지 않아서 요양만 좀 잘해주면 큰 문제는 없을 것이라고 합니다."

"다행이군요."

그는 스칼렛이 쫓던 옥션에 대한 정보를 풀어놓았다.

"아무튼 기업을 사고파는 옥션이 있다는 것은 생각보다 심각한 일입니다. 더군다나 몬스터를 창궐시킨 이후에 생겨난 리스크머니로 일을 벌인다는 것 자체가 아주 악질적인 발상이 아닐 수 없습니다."

"안 그래도 해당 옥션에 대한 조사를 실시하고 있습니다. 너무 걱정하지 않으셔도 될 것으로 보입니다."

"알아서 잘하시겠지만 그래도 조금 더 신경 써달라는 부탁을 전해드리고 싶네요."

"알겠습니다. 최선을 다해보지요."

옥션의 위치와 이름, 해당 회사들에 대한 정보를 획득하긴 했어도 확실한 증거가 없기 때문에 공적인 수사는 불가능할 것으로 보였다.

대신 국정원과 같은 정보기관에서 비공식으로 수사를 펼쳐 증거를 잡게 된다면 이들을 중죄로 엮어 감옥으로 보낼 수도 있을 것이다.

잠시 후, 깊은 잠에 빠져 있던 스칼렛이 자리에서 일어났다.

"으음……."

"정신이 좀 드십니까?"

그녀는 비몽사몽간에도 다니엘을 알아보았다.

"…면목 없습니다."

"그런 말씀 마세요. 큰일을 하다가 다친 것인데 왜 당신이 미안합니까? 오히려 이런 엄청난 일에 지원조차 제대로 해주지 않은 제 잘못이 큽니다."

스칼렛은 온몸의 뼈가 거의 다 부러지는 바람에 자리에서 일어설 수조차 없었다. 하지만 여전히 그 살기 넘치는 표정은 어디 가지 않았다.

"그 새끼, 아무래도 일부러 저를 옥션으로 끌어들인 것 같아요."

"뒷조사를 벌이는 사람들의 정보를 캐낸 후에 죽이려고?"

"그렇겠지요."

"꽤 대담한 놈인데요? 보통은 의심이 되는 사람은 안 끌어들이지 않나요?"

"어쩌면 저를 끌어들인 이후에 알았을 수도 있죠. 처음부터 제가 어떤 사람인지 알고 접근하긴 힘들었을 테니까요."

"하긴, 그건 그러네요."

그녀는 제주도 남부의 사건에 대해 물었다.

"그나저나 제주도의 일은 어떻게 되었습니까?"

"잘 마무리되었답니다. 하늘이 도왔어요."

"다행이네요. 그쪽도 성공했다니 말입니다. 저도 알아낸 것이 꽤 있어요."

그녀는 자신이 캐낸 사람의 신상 정보를 건넸다.

"이놈의 이름이 탁동훈이래요. 알고 보니 4급 공무원이더군요."

"공무원이라……."

"직장은 대전 정부청사입니다. 동기들이 과천이나 광주, 세종 쪽에도 있는 것 같더라고요. 알아보니 발도 넓고 직장에선 꽤나 잘나가는 사람이랍니다."

"그런 놈이 작정하고 짜고 치니 범죄가 술술 잘 풀릴 수밖에."

그녀는 탁동훈에 대한 또 한 가지 의문에 대해 말했다.

"탁동훈은 또 한 가지 이상한 점을 가지고 있습니다. 그놈, 아무래도 DNA 합성의 혜택을 좀 받은 것 같더라고요."

"그게 무슨 말인가요?"

"제가 차량을 타고 달리다가 그놈과 몸싸움을 벌였습니다.

그 과정에서 관절기를 사용해서 팔을 부러뜨리고 쵸크까지 걸었습니다만, 그놈이 관절기에 당해 부러진 팔을 갑자기 회복해서 마구 휘두르더군요."

"부러진 팔이 갑자기 회복되었다?"

"그게 완전히 회복된 것인지 아닌지는 모르겠습니다만 확실한 것은 완력이 상상 그 이상이었다는 겁니다."

다니엘도 탁동훈의 이런 괴물과 같은 피지컬에 대한 의구심을 품었다.

"그래요. 확실히 부러진 팔이 갑자기 다시 붙는 것은 이해가 잘 가지 않는 부분이군요."

"아무튼 이상한 점이 한두 가지가 아니에요. 국정원을 통해서 줄을 대보는 것이 좋겠어요."

"그럽시다."

그녀는 다니엘에게 카미엘의 면담을 요청하였다.

"그리고 괜찮으시다면 김두이 씨와 면담을 좀 하고 싶습니다."

"김두이 씨요?"

"물어보고 싶은 것들이 좀 있어서요. 개인적으로 부탁할 것도 좀 있고요."

그는 흔쾌히 고개를 끄덕였다.

"어차피 일이 마무리되면 올라와야 할 테니 제가 만남을 주선해 보겠습니다."

"감사합니다."

"별말씀을요."

다니엘은 그녀에게 인스턴트 사골국을 박스째로 건넸다.

"아무튼 잘 먹고 잘 쉬어요. 이게 뼈 부러진 데엔 그만이랍니다."

"후후, 사골. 저도 한때 많이 먹은 음식이에요."

"몸조리 잘하세요."

"감사합니다."

그녀는 다시 슬그머니 잠에 빠져들었다.


*          *          *


제주도 남부 지역 몬스터 사태가 일단락된 후 정계는 또다시 혼란으로 빠져들었다,

지금까지 일어난 사건들이 모두 대한민국 정부 때문이었다는 사실이 드러났기 때문이다.

몬스터와의 교전이 끝난 후 11군단이 몬스터 실험실에서 슈퍼컴퓨터의 하드디스크를 회수했는데, 그 안에서 대한민국 정부를 비롯한 세 개의 정부가 실험에 관여했다는 정보가 나온 것이다.

이 사태는 빠르게 매스컴을 타고 퍼져 삽시간에 대한민국은 물론이고 전 세계를 충격에 빠뜨렸다.

물론 대한민국 정부는 이 사실을 전혀 몰랐다고 발뺌하고 나섰지만 모르쇠로 일관하기엔 사건이 일파만파 커진 상태였다.

몬스터 사태가 일어난 후의 늦장 대응과 군사 투입 불가를 외친 이와 관련된 것이라는 의견이 지배적이었음으로 집권 여당과 대통령의 문책은 피할 수 없는 일이 되어버렸다.

경기도 양평의 한 별장.

시끄러운 여의도, 광화문과는 다르게도 이곳은 상당히 조용했다.

비공식적으로 소유하긴 했지만 이곳은 국회의원 김진태의 사유재산이다.

김진태가 국정원 대내수사부장 이철민 부장과 밀담을 주고받고 있다.

이철민은 처음 대한민국의 몬스터 무기화 프로젝트가 시작되었을 당시 각 기업들을 포섭하고 페이퍼컴퍼니를 설립한 장본인이다.

그는 이제 자신이 궁지에 몰릴 것을 너무나도 잘 알고 있었다.

"우리가 미국과 짜고 소환술사까지 끌어들인 것을 국민들이 알게 되면 그땐 정말 사태를 걷잡을 수 없게 될 겁니다."

"흠……."

"더군다나 유엔의 조사단에서도 이 사실을 눈치챈 것 같더군요. 듣자 하니 무슨 피라미 같은 년이 우리의 실험 현장을 파헤치고 돌아다니다가 꽤 많은 정보를 건진 것 같던데, 이대로 내버려 두면 큰일 날 겁니다."

김진태는 난감한 표정을 지었다.

"이것 참, 어떻게 하면 좋을지 모르겠군. 설마하니 그런 괴물들을 쓸어버릴 줄 누가 알았겠나? 도대체 뭐가 어떻게 된 거야?"

"하필이면 연구원 한 명이 살아남아 양심선언을 했답니다. 그놈이 파훼법을 찾아내 준 것이고요."

"…하여간 쓸데없이 정의를 따지는 놈들이 제일 문제야. 지가 무슨 민주 투사야? 괜히 나서가지고 일을 이렇게 만드나?"

"의원님, 정말 어쩝니까?"

김진태는 내부에서 무슨 난리를 피우든 간에 제주도가 몬스터에 의해 점령당하기만 하면 계산이 맞아떨어질 것이라고 생각했다.

일본은 해저터널 좌절로 인해 사건을 크게 키우고 미국과 중국은 제주도를 놓고 줄다리기를 해서 한국을 곤란하게 만든다. 그다음 몬스터 실험실이 폭발하여 미, 중의 군사가 상륙하면 사건은 일단락된다.

몬스터 실험실이 돌파된 것은 원래 계획된 것이었고, 그로 인해 제주도가 피바다로 변하면 미군과 중국이 알아서 그것들을 해치워 버리면 그만이었다.

그럼 모두가 원하는 결과를 가지고 평화롭게 다음 정치를 생각하면 되는 것이었다.

하지만 이젠 그 모든 것이 물거품이 되어버렸으니 이를 수습할 방법을 찾아내야 하는 신세로 전락하게 되었다.

심지어 예성탁은 이 사건을 발판으로 삼아 여야의 정권 교체까지 노리고 있었다.

김진태는 이제 정말 궁지에 몰리게 되었다.

하지만 이대로 포기할 리가 없는 김진태이다.

"하나하나 차근차근 풀어나가 보자고."

"생각이 있으신 모양이지요?"

"살인멸구로 가지."

"사, 살인멸구요?"

"슈퍼컴퓨터의 본체는 어디서 관리하고 있지?"

"국정원이지요."

"자네가 본체의 소실을 맡아. 나머지는 내가 알아서 할 테니."

"하, 하지만 그건……."

"다른 방법 있나? 다른 방법이 있다면 어디 한번 말해보게."

그는 고개를 저었다.

"뭐, 그런 것은 아니지만……."

"일이 틀어지면 모두 다 같이 죽는 거야. 그러니 잔말 말고 시키는 대로 움직이기나 해. 알겠나?"

"예."

두 사람은 얘기를 끝내자마자 별장을 나섰다.


　　　　　*　　　　　*　　　　　*


국방과학연구소 안.

크리스털 안에 갇혀 있는 사람들에 대한 연구가 진행 중이다.

카미엘은 보존 용액 안에 들어 있는 그녀를 바라보았다.

"카트리나는 좀 어떻습니까? 회생 가능성이 있겠어요?"

"시간이 걸리긴 하겠습니다만, 크리스털 안에 들어가 있는 사람들은 살아날 겁니다. 큐브형 몬스터가 이 사람들을 가두어두긴 했습니다만 그 덕분에 목숨을 유지한 것 같더군요. 놈들이 아공간에서 플러스 에너지를 가져다 공급하면서 숨을 쉬지 않아도 살 수 있는 환경을 만들었습니다. 지금은 에너지 공급이 끊어진 상태입니다만, 그래도 몬스터 제거가 끝날 때까진 충분히 살아남을 겁니다."

"불행 중 다행이로군요."

"다만 깨어났을 때 무슨 부작용이 일어날지는 아무도 모릅니다. 이를테면 냉동 인간과 같은 방식이라고나 할까요? 완벽하게 생명 유지가 되고 있다곤 해도 뇌가 어떤 반응을 보일지는 모르는 거지요."

"그렇군요."

"아무튼 너무 걱정하지는 마세요. 잘될 겁니다."

카미엘은 그녀의 회생 시기에 대해 물었다.

"큐브 제거에는 얼마나 걸릴까요?"

"대략 보름쯤 걸릴 겁니다. 그 이후엔 병원에서 지내며 사태의 추이를 지켜보아야 할 것이고요."

"잘 알겠습니다. 아무쪼록 잘 부탁드리겠습니다."

"최선을 다하고 있으니 염려하지 마세요."

카미엘은 자신의 옛 연인이자 동료이던 카트리나를 바라보며 씁쓸하게 웃었다.

'우리가 이렇게 재회하게 되는구나.'

그는 한동안 그 자리에 우두커니 서 있었다.

**제9장**

역류

화창한 오후, 카미엘은 쌍둥이와 함께 삼척 최고의 관광호텔 '그랜드 오션'을 찾았다.

　그랜드 오션은 삼척시와 강원도청 관광개발과가 합동으로 출자하여 만든 호텔인데, 민간 자본은 대략 45%쯤 된다.

　삼척시와 강원도청은 이곳에 55%의 자금을 투자함으로써 최대주주가 되었고, 그 자금을 통하여 대기업 독점이 아닌 중소기업과 소상인 위주의 상권 형성에 힘을 보탰다.

　그랜드 오션의 운영은 강원도 토종 기업인 강원투자개발그룹에서 담당하고 있는데, 이들은 원래 민생 구제에 대한 사명감을 가지고 있었다.

한마디로 강원도와 삼척시의 민생 구제 모토를 함께 공유하는 강원투자개발이기에 이윤의 극대화보다는 중소기업과 소상인 격려 차원의 경영을 펼쳐 나가는 중이다.

카미엘이 그랜드 오션의 입구에 들어서자마자 그를 아는 사람들이 심심치 않게 보인다.

가장 먼저 그를 맞이한 사람은 바로 강희나였다.

희나는 주말마다 아르바이트를 빼놓지 않는 사람으로서 그랜드 오션의 모집 공고를 보자마자 가장 먼저 지원하여 자리를 잡았다.

원래는 그랜드 오션의 아르바이트생 채용 기준이 지역사회에 거주하는 학생이나 미취업자 우선이지만 희나를 모르는 사람이 없는 삼척에서 딱히 뭐라고 반발하지는 않았다.

덕분에 그녀는 꽤 짭짤한 수익을 올리면서 그랜드 오션에서 일을 할 수 있게 되었다.

희나는 그랜드 오션의 프런트에서 문의 전화를 받거나 손님을 응대하는 업무를 맡고 있다.

강원도의 푸른 바다색 옷을 입은 그녀가 카미엘에게 정중하게 고개를 숙였다.

"환영합니다, 고객님. 즐거움과 사랑이 가득한 푸른 바다 호텔 그랜드 오션입니다."

"여기서 일하고 있었군요. 희나 씨는 도대체 빠지는 곳이 어딘지 모르겠네요."

"그러게요. 저도 그게 궁금해요."

도대체 희나의 아르바이트 영역은 과연 어디까지인지 사뭇 궁금해지는 카미엘이다.

그는 희나에게 쌍둥이의 돌잔치에 대한 정보를 물었다.

"이제 쌍둥이가 돌잔치를 할 시기가 되었어요. 이곳 그랜드 오션에 뷔페가 있다고 하던데, 동네 어르신들 모시고 잔치를 할 수 있을까요?"

희나는 카미엘의 앞뒤에 매달려 있는 아린, 아델을 바라보며 자신도 모르게 미소를 지었다.

"그래요. 우리 아가들이 이젠 돌이 되었네요. 그러고 보면 시간 참 빨라요?"

"원래 세월은 유수와 같습니다. 제 아들도 눈 깜짝할 사이에 아이들을 낳아서 저에게 데리고 왔지요. 정말 상상조차 할 수 없던 일인데 말이죠."

희나는 카미엘에게 아들 소식에 대해 물었다.

"아들에 대한 기억이 돌아온 것을 보면 아들 소식도 어쩌면 들었을 수도 있겠군요. 용병들은 원래 정보력이 좋다고 하던데."

카미엘은 씁쓸한 미소를 지었다.

"…떠났습니다. 저세상으로."

"아아!"

"하지만 손자 손녀를 남기고 갔으니 그나마 다행이라고 할까요?"

처음에 아무런 기억도 나지 않는 척한 카미엘이기 때문에 아주 사소한 것들까지 거짓말을 해야 했다.

하지만 이제는 신분이 확실해진 데다 유엔에서 그의 신원을 보증하고 있기 때문에 군이 거짓말을 할 필요가 없었다.

다만 그가 이계에서 왔다는 것은 괴리감을 발생시킬 수 있으니 철저하게 숨길 수밖에 없었다.

카미엘은 떠나간 아들과 아내의 얼굴을 떠올리다 보니 점점 더 울적해지는 것을 느꼈다.

"험험! 아무튼 우리 아이들의 돌잔치를 치를 수 있는지 알아봐 주실 수 있겠습니까?"

"그거야 어렵지 않죠. 안 그래도 요즘 강원도뿐만 아니라 타지역에서도 이곳으로 결혼식을 올리러 오는 사람이 꽤 많아요. 그 이외에도 회사 워크숍부터 동창회, 자선 경매 등 별의별 행사가 다 들어오죠. 돌잔치도 심심치 않게 하는 편이에요."

"그렇군요. 잘되었습니다. 간만에 동네 어르신들을 모시고 상인연합회 사람들과 함께 잔치를 하면 좋겠네요."

"하지만 그렇게 엄청나게 많은 인원을 먹이자면 돈이 꽤 많이 들 텐데요?"

"괜찮습니다. 매일 하는 것도 아니고 아이들의 생에 딱 한 번뿐인 돌잔치인데 이 정도는 해야 한다고 생각합니다."

그녀는 슬그머니 고개를 끄덕였다.

"하긴, 요즘 돈벌이가 꽤 쏠쏠하다면서요? 듣자 하니 벌이가 거의 중소기업 사장 수준이라고 하던데."

"글쎄요. 정확하게 얼마나 번다고 말하긴 힘들군요."

"아무튼 잘 풀려서 다행이에요. 중소기업 사장이면 그래도 꽤 버는 것 아닌가요?"

"예전보단 훨씬 더 살 만하다고 볼 수 있지요."

"그럼 다행이고요."

사실 요즘 카미엘의 벌이를 평균 연봉으로 환산하자면 어지간한 사람은 명함도 내밀 수 없을 것이다.

제주도 사태가 끝난 후에 거두어들인 몬스터의 사체에 대한 지분이 거의 대부분 카미엘에게 갔기 때문에 현재 자산은 쉽사리 집계하기도 힘든 실정이다.

더군다나 실버 나이프에서 지급되는 수임료만 해도 수백억 대에 달하기 때문에 이제부터는 그가 굳이 일을 하지 않아도 먹고살 만한 정도가 되었다.

다만 그가 실버 나이프나 국가의 부름에 응하는 것은 자신이 지금 살아가고 있는 이 지구라는 공간이 사라지는 것은 막고 싶기 때문이다.

만약 돈 때문이라면 굳이 사냥을 하러 돌아다닐 필요도 없고 그냥 은행 이자만 받아먹어도 자손만대가 배불리 먹고살 수 있을 것이다.

물론 카미엘은 사치를 좋아하는 성격이 아니라서 그것을 바깥으로 표출하지 않는 것뿐이다.

희나는 호텔의 연회장 지배인을 연결시켜 주기로 했다.

"연회 및 행사를 총괄하는 매니저를 소개시켜 드릴게요. 능력이 좋아서 결혼식 앙코르를 하는 경우도 있대요."

"결혼식을 앙코르해요?"

"재혼을 하는 경우 말이죠."

"아아……."

"아무튼 오늘 점심은 이곳에서 먹고 가도록 해요. 그래야 음식 수준에 대해서 알 수 있을 테니까요."

"알겠습니다."

카미엘은 그녀를 따라서 행사 관리자와의 미팅에 나섰다.

*　　　　*　　　　*

연회 및 행사 총괄지배인 정희라는 카미엘에게 식장을 구경시켜 주면서 연회의 진행에 대해 설명을 시작하였다.

그녀는 돌잔치의 세부 일정이 적힌 팸플릿을 건네며 말했다.

"원하신다면 코스에서 몇 가지 제외할 수도 있고 추가할 수도 있습니다. 어떤 부분이 가장 마음에 드시는지요?"

"일단은 식사 시간을 최대한 길게 잡고 후반부에는 술도 한 잔씩 마실 수 있으면 좋겠네요."

"그렇다면 결혼식이 없는 저녁 시간에 연회장 하나를 통째로 빌려서 잔치를 치르시면 됩니다."

"그래요. 그럼 그렇게 하시죠."

"만약 연회장을 빌리신다면 돌잔치 사회자와 진행 보조 등의 인건비는 제외해 드립니다. 사진기사와 앨범 제작도 공짜로 해 드리고요."

"좋군요. 당장 계약합시다."

정희라는 화끈하게 계약서부터 찾는 카미엘에게 어색한 미소를 지었다.

"호호, 그런데 말이죠, 저희들은 아버님보다도 아이들의 어머님 의견을 좀 더 들어보고 결정하셨으면 합니다만."

"그게 무슨 말씀이십니까?"

"돌잔치는 거의 대부분 아이의 어머님께서 준비하시는 만큼 사전에 협의를 충분히 거치고 결정하시면 어떨까 싶어서 말입니다."

그녀는 카미엘에게 섣부른 결정을 내렸다가 아내와의 트러블이 생기면 어쩌나 하고 걱정한 것이지만, 그것은 쓸데없는 기우에 불과하였다.

카미엘은 아주 짧게 답했다.

"그럴 필요 없습니다."

"…네?"

"이 아이들은 부모가 없어요."

"아아! 죄, 죄송합니다!"

"이 아이들의 핏줄이 저 하나뿐이라서 뭘 어떻게 하든 상의
할 사람이 없네요. 그럼 지금 계약서를 작성해도 괜찮겠죠?"

"무, 물론입니다!"

처음엔 아이의 엄마를 찾는 질문들이 상당히 거슬린 카미엘
이었지만 이제는 제법 적응이 되어 최대한 초연하게 넘어갈 수
있게 되었다.

그렇지만 이런 소리를 들을 때마다 심경이 그저 편하기만 한
것은 아니었다.

'그래, 부모가 있었다면 조금 더 사랑을 쏟을 수 있었겠지. 미
안하구나, 얘들아.'

비록 내색은 잘 하지 않지만 카미엘은 항상 손자 손녀에게 미
안한 마음을 가지고 있었다.

만약 자신이 가정을 돌볼 줄 아는 남자였다면 가문이 살아
남아 지구에 함께 정착했을 수도 있었기 때문이다.

잠시 울적해진 카미엘에게 희나가 다가와 물었다.

"계약에 대한 얘기 끝났으면 밥이나 먹어요. 매니저님께서 지인이라고 말씀드리니 같이 식사를 해도 무방하다고 하셨거든요."

"그럽시다."

"아린이를 넘겨줘요. 한 명씩 데리고 먹자고요."

"그래도 되겠습니까?"

"뭐 어때요? 온 동네가 쌍둥이 엄마들인데."

순간, 카미엘의 심장이 약간 뻐근해졌다.

"온 동네가 쌍둥이 엄마들이라… 그래요. 맞는 소리네요."

"뭘 새삼스럽게 그래요? 일단 가요."

오늘 따라 자신이 정착할 동네 하나는 잘 골랐다는 생각이 드는 카미엘이다.

*　　　*　　　*

그날 오후, 카미엘에게 시장통 한복상인 정말자의 전화가 걸려왔다.

그녀는 쌍둥이의 돌잡이 옷을 직접 만들어서 선물로 준비해 두었다며 한번 입혀보았으면 좋겠다는 의사를 밝혀왔다.

안 그래도 옷을 어디서 사와야 하나 고민하고 있던 카미엘에겐 너무나도 큰 희소식이었다.

카미엘이 중앙시장 한복집으로 가니 동네 아낙들이 잔뜩 모여서 아린과 아델을 기다리고 있었다.

"저희들 왔습니다."

카미엘이 문을 열고 한복집에 들어서자마자 동네 상인들과 아낙들이 전부 달려 나왔다.

"왔네!"

"어서 와! 안 그래도 기다리고 있었어! 쌍둥이가 한복을 입으면 예쁠 것 같아서 말이야."

"이런, 기다리시는 줄 알았으면 조금 더 일찍 올 것을 그랬습니다."

"괜찮아. 식장을 알아보다가 부랴부랴 온 것을 생각하면 일찍 온 거지."

상인들은 설레는 표정으로 쌍둥이에게 옷을 입히기 시작했다.

정말자는 붉은색 곤룡포와 색동 당의를 제작하여 아이들의 체형에 맞게 몇 차례 개량을 시도하였다.

그 결과, 쌍둥이의 앙증맞은 몸에 딱 맞는 옷이 탄생하였다.

붉은색 곤룡포에 익선관까지 쓴 아델을 바라보며 동네 아낙들이 손뼉을 치며 소리를 질러댔다.

"어머나! 귀여워!"

"정말이지, 인물 하나는 훤칠하네! 도대체 누구를 닮아서 이렇게 잘생겼나?!"

"그야······."

카미엘이 대답하기도 전에 색동 당의를 입은 아린이 아장아장 걸으며 워킹을 시작하였다.

"꺄하!"

"···내 심장 좀 어떻게 해봐! 너무 귀여운 것 아니야?"

"큰일이야! 당장 딸을 갖고 싶어!"

절로 늦둥이 욕심이 생기게 할 정도로 귀엽고 예쁜 쌍둥이의 패션쇼에 한복집 너머로 웃음꽃이 피어났다.

카미엘은 멀리서 그 광경을 지켜보며 어쩌면 저 아이들은 하늘이 내려주신 선물이 아닐까 하는 생각이 들었다.

'그래, 나 혼자였다면 이렇게 착실하게 적응했을 리가 없다. 동네에서도 나를 이렇게 무작정 받아들였을 리도 없고.'

그의 생각처럼 아이들이 없었다면 지금의 카미엘도 없을 것이다.

어쩌면 카미엘이 아이들을 돌보는 것이 아니라 아이들이 카미엘을 키우고 있는 것인지도 모른다.

오늘도 카미엘은 아이들에게 한 수 제대로 배워 나가는 중이다.


다음 날, 돌잔치에 사용될 떡을 알아보기 위해 시장으로 나

온 카미엘은 이미 떡집과 전통과자점에 아린, 아델의 이름으로
예약이 되어 있음을 알았다.

유난히도 아델을 예뻐하는 떡집 사장과 전통과자점의 아저
씨가 무려 일주일 전부터 미리 작품 구상에 들어갔던 것이다.

카미엘은 떡집 사장 마동열과 전통 과자점의 이만수에게 떡
값과 과자값을 주려고 찾아갔으나 문전박대를 당하였다.

"이 사람 참, 한 동네에 사는 사람끼리 떡 하나 못 해주나?"

"그렇긴 하지만……."

"아무리 먹고살기 힘들다고 하지만 동네에 몇 없는 아이들
떡 하나 못 해줄 정도로 각박하지는 않아."

"하지만 사장님, 그래도……."

"어허, 이러지 마. 자꾸 이러면 내가 많이 서운하구먼."

"참, 그렇다면 감사히 받겠습니다."

"하하, 그래! 사람이 이런 정도 있어야 살 만하지."

카미엘이 이렇게까지 동네의 사랑을 받는 것은 그가 쉬는 날
이면 동네 밭일을 돕거나 공동 작업에 나오는 등 공공 근로에
앞장서기 때문이다.

비록 아이들을 돌보는 노하우야 떨어질지 몰라도 마을을 위
해서 일하는 시간은 결코 적지가 않았다는 소리다.

일이 있을 때마다 이리저리 많은 도움을 많이 준 카미엘에게
그 복이 다시 되돌아오고 있었다.

카미엘은 자신에게 되돌아오는 복을 받으면서 한편으로는 가슴이 먹먹해졌다.

그의 이런 행동들은 정확하게는 정 노인의 본을 많이 받았기 때문이다.

살아생전의 정 노인과 장기를 두거나 술동무를 해주면서 그의 지론이 카미엘 자신도 모르게 뇌리에 들어박힌 것이다.

'어르신의 기일이 돌아온다면 떡이라도 좀 해다 놓아야겠군.'

시장 상인들 덕분에 돌잔치 준비에 신경을 쓰지 않아도 될 정도로 넉넉해진 카미엘이다.

＊　　　＊　　　＊

돌잔치가 열리는 날, 동네 주민들은 물론이고 어시장 상인들과 중앙시장 상인들까지 카미엘을 아는 사람이라면 죄다 몰려왔다.

카미엘이 미리 축의금은 받지 않겠다고 선언하여 돈을 들고 온 사람은 없었지만 저마다 한 보따리씩 선물을 싸들고 왔다.

그중에서도 가장 흔한 것이 옷이고 그다음이 육아용품, 마지막으로 돌반지가 꽤 많이 들어왔다.

강희나가 입구에서 선물을 받아서 차량에 차곡차곡 쌓는데 그 양이 만만치가 않다.

아이들을 정아름에게 맡겨놓고 주차장으로 내려온 카미엘은 강희나와 함께 감탄사를 연발했다.

"이야, 이게 다 얼마야? 반지가 50개나 되는데요? 하여간 삼척이 알부자 동네인 것은 확실한 모양이에요."

"그러게 말입니다. 참, 이렇게 다 받으면 돌려드릴 때 힘든데……."

"그런 것까지 생각하면서 잔치를 치러요? 그리고 반지는 아이들이 받았지 아저씨가 받았나요?"

"뭐, 그건 그렇지요."

"아무튼 오늘 뷔페는 아저씨가 쏘는 거니까 그냥 동네잔치 한번 시원하게 했다 생각하세요. 잔치에 기분 좋아지는 것은 당연한 일이고, 기분이 좋아지면 지갑이 열리는 것 역시 자연스러운 일이니까요."

"그래요. 그렇게 생각할게요."

차에 선물을 다 실어놓고 3층 연회장으로 올라가 보니 벌써 돌잔치 준비가 모두 다 끝나 있었다.

MC가 카미엘에게 어서 오라고 손짓했다.

"아아, 저기 오시네! 할아버님, 어서 오세요!"

"아, 예!"

그는 아이들을 돌보고 있는 정아름 옆에 카미엘을 세운 후 곧장 행사를 진행하였다.

"자, 그럼 지금부터 김아델 군과 김아린 양의 돌잔치를 시작하겠습니다!"

"와아아아아!"

MC는 카미엘과 정아름을 번갈아 바라보며 물었다.

"그나저나 아이들 잠은 잘 재웠나요? 돌잡이 하려면 아이들 컨디션이 중요하거든요."

정아름은 매일같이 아이들을 돌보기 때문에 잠을 재우는 것도 그녀의 몫이라 할 수 있었다.

"물론이죠."

"애들은 일찍 재운 거네요?"

"그럼 셈이죠."

MC는 두 사람을 다소 음흉한 눈으로 바라보았다.

"그럼 애들은 일찍 재우고 두 사람은 뭐 했어요?"

"네, 네?"

"애들은 일찍 재웠다면서요. 애들 일찍 재우고 뭐 했냐고요?"

순간, 식장 내의 하객들이 웃음을 빵빵 터뜨렸다.

"하하하!"

"벌써부터 둘이 그런 사이인가?"

카미엘과 정아름은 얼굴이 새빨개져서 손을 내저었다.

"아, 아니요. 그런 것은 아니고……."

"잘 알겠습니다! 둘이 뭐, 좋은 것 알아서 잘 하셨겠지요!"

"…아닌데!"

MC도 카미엘과 그녀가 부부 사이가 아니라는 것을 잘 알고 있었지만 짐짓 모르는 척하면서 웃음을 유도하고 있었다.

그리고 그가 보기에도 두 사람은 선남선녀라서 이어주면 좋은 결실이 있을 것 같았던 모양이다.

"자, 그럼 이제 본격적으로 돌잡이를 시작하겠습니다!"

"와아아아아!"

"할아버님은 쌍둥이가 무엇을 잡았으면 좋겠습니까?"

카미엘은 미신을 믿지 않는 사람이지만 기왕지사 쌍둥이가 오래 살았으면 좋겠다고 생각했다.

"실이요."

"실? 장수하라고요?"

"건강하고 오래 살 수 있다면 그보다 더 좋은 일이 또 어디 있겠습니까?"

"으음, 그래요. 역시 손자 손녀를 생각하는 마음이 부모가 자식 위하는 마음 못지않네요. 그렇죠?"

그는 MC의 한마디에 가슴이 시려왔다.

쌍둥이에게 돌잔치를 해주면서 카미엘은 죽은 아들이 생각난 것이다.

그는 아들 레이시스의 성장이 어떠했고 어떤 삶을 살다가 갔는지 아는 것이 하나도 없었다.

심지어 돌잔치는 고사하고 생일이 언제인지조차 제대로 알지 못하는 카미엘로선 죽어서도 아들을 볼 면목이 없었다.

'미안하구나. 이 아비가 애비 노릇 제대로 못 한 것은 정말 입이 백 개라도 할 말이 없어. 하지만 이 아이들은 내가 무슨 수를 써서라도 지켜내마. 그래서 네 영전 앞에 떳떳할 수 있는 아버지가 될 것이다.'

순식간에 눈가가 촉촉해진 카미엘을 바라보며 MC가 재치 있게 물었다.

"눈물샘에 땀이 많으신 모양이지요? 여러분, 조금 더우세요?"

"으음, 그런가?"

"그렇다면 어서 행사를 끝내고 술이나 한잔씩 하시죠! 자, 그럼 돌잡이 시작하겠습니다!"

"와아아아!"

카미엘과 정아름이 쌍둥이를 돌잡이 테이블 앞으로 데려가자 두 녀석은 각각 다른 물건을 잡았다.

아린은 돈을 잡고 아델은 연필을 잡았다.

"돈과 연필이라! 아주 이상적인 물건들이네요! 다 같이 박수 부탁드립니다!"

짝짝짝짝짝!

카미엘은 쌍둥이가 정말 돌잡이처럼 살아가든 그렇지 않든 그건 중요하지 않았다.

'부디 아프지 말고 건강하게만 커다오. 그럼 소원이 없겠다.'

모든 부모가 그러하듯 카미엘은 쌍둥이가 건강하기만을 진심으로 바랐다.

＊　　　　＊　　　　＊

늦은 밤, 곤히 잠든 쌍둥이가 코를 골고 있다.

"쿠울……."

카미엘은 그 곁에 누워 조용히 잠을 청하는 중이다.

그는 오늘 상당히 피곤했을 쌍둥이가 행여나 깰까 봐 숨죽여 누워 생각에 잠겼다.

이런저런 생각에 잠을 이루지 못하던 카미엘은 머리맡에 둔 담배를 찾았다.

"한 대 피우고 와서 자야겠군."

아이들이 없다면 이곳에서 한 대 피우면서 생각을 정리하겠지만 간접흡연이 얼마나 나쁜지 잘 알고 있기에 집에서의 흡연은 절대 금지다.

카미엘이 자리에서 일어서려는데 밖에서 인기척이 들렸다.

사그락.

카미엘은 고개를 갸웃거렸다.

"이 녀석이 안 자고 뭐 하는 거야?"

혹시 리나가 마당으로 나온 것인가 싶어서 같이 기척을 내려던 카미엘은 불현듯 울리는 핸드폰을 바라보았다.

지이이잉!

이봐, 밖에 누군가 있다.

리나가 보낸 메시지를 읽은 카미엘은 살짝 문을 열어 마당을 내다보았다.

그러자 소총을 든 사내들이 집을 염탐하고 있었다.

'…저건 또 뭐야?'

사내들은 군복이 아닌 사복을 입고 있었는데, 복면으로 입을 가리고 있어 얼굴을 확인할 순 없었다.

카미엘은 그들의 소속을 알아내는 건 힘들 것 같아 일단 보모 캡슐부터 챙겼다.

아이들이 다칠 수도 있으니 일단 방비를 하는 것이다.

하지만 바로 그때, 사방에서 총탄이 날아와 그들을 저격하였다.

핑핑핑!

"컥!"

"으허어억."

단 한 번의 공격으로 무려 열 명의 사내가 죽어 나자빠졌고 단숨에 사태는 일단락되었다.

잠시 후, 카미엘의 집 마당으로 팬텀의 일원들이 들어왔다.

"두이, 잠깐만 나와 보게!"

"…솔로몬?"

카미엘이 밖으로 나가니 고스트가 먼저 그를 맞았다.

그는 카미엘에게 다짜고짜 짐을 싸라고 조언했다.

"아이들은 자고 있나?"

"그렇지. 아직은 잘 시간이니까."

"일단 짐을 싸서 이곳을 떠나자. 시간이 없어."

"무슨 일이야?"

"아무래도 모종의 세력이 우리를 죽이려고 벼르는 것 같아. 잘못하면 아이들까지 위험하겠어. 일단 스위스 본부로 가서 추이를 지켜보자고."

"모종의 세력이라……."

"듣자 하니 슈퍼컴퓨터의 하드디스크 원본도 털렸다고 하더군."

"흠……."

"어쩌면 정부에서 벌인 짓일 수도 있고, 아니면 또 다른 흑막일 수도 있어."

카미엘은 일단 그를 따르기로 했다.

"좋아, 같이 가도록 하지."

그는 아이들을 보모 캡슐에 태워놓고 리나에게 짐을 챙기도록 했다.

"간단히 쓸 것만 챙겨. 현금과 통장 정도만."

"알겠어."

리나는 아이들의 옷과 육아용품, 그리고 각종 부동산 증서와 통장을 챙겼다.

솔로몬은 두 사람이 짐을 챙기자마자 전술용 비행기를 호출하였다.

휘이이이잉!

마당에 비행기가 도착하자 카미엘은 리나에게 아이들을 건네주었다.

"일단 먼저 가 있어."

"어쩌려고?"

"어쩌긴, 어떤 새끼들인지 면상 좀 봐야지."

고스트가 카미엘에게 동행을 권했다.

"같이 가는 것이 좋지 않겠어?"

"아이들은 유엔에서 봐줄 것 아니야?"

"그건 그렇지."

"자네들을 믿고 한국에 남아서 놈들 뒤를 쫓겠어."

솔로몬이 고개를 끄덕였다.

"그래, 그럼 나와 함께 움직이도록 하지."

"그러시죠."

리나와 고스트는 아이들을 데리고 스위스로 향했다.

부우우우웅!

"아이들을 잘 부탁해!"

"물론이지."

그들이 시야에서 사라지자 카미엘은 솔로몬과 함께 발록 용
병단의 사무실로 향했다.

**외전**

챔피언 네이트

미국 비버리힐즈에 두꺼운 후드를 뒤집어쓴 사내가 터덜터덜 걸어 다니고 있다.

저벅저벅!

아직까지 사람이 별로 없는 거리를 헤매고 다니던 그는 어느 한 지점에 이르러 걸음을 멈추었다.

이어 사내는 무작정 초호화 빌라의 문을 두드리기 시작했다.

쿵쿵쿵!

빌리 호프만

놀랍게도 그가 문을 두드린 집은 격투기계의 큰손인 빌리 호프만의 집이었다.

빌리 호프만의 집 대문을 함부로 두드렸다가 몰매를 맞고 쫓겨난 사람이 한둘이 아닌 것을 생각하면 지금 그의 행동은 무모하다고 볼 수 있었다.

그렇지만 그는 한 치의 물러섬도 없었다.

잠시 후, 빌리 호프만의 저택에서 덩치가 거대한 사내 하나가 걸어 나왔다.

"이 밤에 누구야? 뼈도 못 추리고 죽고 싶어 환장했나?"

"…나야. 네이튼."

순간, 그의 표정이 미묘하게 일그러졌다.

"누구?"

"네이튼이라고. 귀 먹었어?"

"네이튼? 네이튼 버스필드 말이야?"

그제야 뒤집어쓴 후드를 벗은 네이튼이 빌리 호프만의 동료이자 전설적인 이종격투기 트레이너인 마크 제레너에게 손을 내밀었다.

"악수할까?"

"오랜만이군."

비록 꼬질꼬질한 네이튼의 손이었지만 마크는 아무렇지도 않게 그의 손을 잡았다.

마크는 그를 안으로 불러들였다.

"들어가지."

"…싫어."

"그렇다고 길바닥에서 얘기할 수는 없지 않나?"

"예전에는 길바닥에서 술도 마시고 삼시 세끼를 해결했지. 기억 안 나나?"

마크는 실소를 흘렸다.

"후후, 그래. 개구리도 올챙이 적 시절이 있는 법이지."

그는 네이튼에게 잠시만 기다려 줄 것을 부탁했다.

"시간이 좀 이르긴 하지만 아침이나 먹으면서 얘기하지. 아직도 핫도그 먹나?"

"조만간 끊을 생각이지만 하루 정도는 괜찮겠지."

"그래, 알겠어."

문을 열고 집으로 들어간 마크는 채 5분도 되지 않아 나왔다.

가벼운 트레이닝복에 저지 상의 하나만 달랑 걸친 그는 자동차 키를 보여주며 물었다.

"차? 아님 걸어서?"

"걸어서 가는 것이 편해."

"그래, 그럼 좀 걷자고."

자동차 키를 주머니에 집어넣은 마크는 네이튼의 어깨를 툭툭 치며 웃었다.

"하하, 그나저나 자네가 나를 찾아오다니 당황스러우면서도 기분은 좋군."

"나도 오랜만에 자네를 봐서 좋아."

마크는 네이튼에게 시거를 한 개비 권했다.

"피울 텐가?"

"아니. 술, 담배는 끊었어."

"그래? 최고급 시거인데도 안 피워?"

"됐어."

애연가에 애주가이던 네이튼이 담배를 안 피운다니, 마크는 조금 놀란 표정이다.

"금연에 금주라… 혹시 운동을 다시 할 생각인 거야? 누군가 체육관이라도 차려준다고 제안했나?"

"그런 적도 있었지. 하지만 그것도 다 옛날 얘기야. 이제는 스폰서도 다 떠나고 없어. 솔직히 말해서 마약사범에 주정쟁이 트레이너를 누가 좋아하겠어?"

"그래도 실력은 좋잖아?"

"싸우는 것과 키우는 것은 달라. 그건 자네가 더 잘 알 텐데?"

"그렇지만 때려본 사람이 때리는 법을 잘 알지. 자네는 타격으론 거의 최정상급 파이터였고. 그 정도 스펙이라면 어디를 가도 환영받을 거야."

"다 옛날 얘기야."

과거지사와 아쉬움을 토로하던 두 사람은 이제 산타모니카 해변에 당도했다.

항구 인근에 위치한 핫도그 노점상을 찾은 두 사람은 익숙한 듯이 핫도그를 주문했다.

"야채 빼고 케첩에 머스터드 듬뿍."

"음료는?"

"난 콜라."

"난 물."

성인 남성의 팔뚝만 한 이곳의 핫도그는 두 사람이 배가 고프던 시절엔 하루에 두 번씩 꼭꼭 먹던 음식이다.

향긋한 미국식 핫도그가 익어가는 동안 네이튼이 넌지시 말을 꺼냈다.

"복귀할 거야."

"…뭐라고?"

"복귀 말이야."

마크는 잠시 멍해진 표정으로 네이튼을 바라보았다.

"…진심이야?"

"내가 자네에게 장난치는 것을 본 적이 있어?"

"없지."

"이제 술, 담배, 약 모두 다 끊고 미친놈처럼 운동만 할 거야."

"흠, 진짜로 각오를 다진 모양이군."

그는 네이튼에게 진심 어린 충고를 건넸다.

"아직 늦은 나이는 아니지만 UFA에서 자네를 옥타곤으로 올려 보내줄까?"

"쉽지는 않겠지."

"자네가 현역 시절에는 꽤나 인기가 있었다고 해도 약물사건과 더불어 연패의 수렁에서 빠져나오지 못한 것은 크나큰 타격이야. 아무리 실력이 좋아도 네임밸류가 떨어지면 소용없어. 잘 알잖아?"

"알아. 그렇지만 나에겐 지금 다른 길이 없어. 단련하고 싸우는 수밖에."

마크는 그에게 명함을 한 장 꺼내 건넸다.

"차라리 내가 체육관을 하나 부탁할게. 자네가 맡아서 운영하는 것이 어때? 쟁쟁한 선수들도 많고 똘똘한 신인 후보도 꽤 있어. 잠재력이 크다고 볼 수 있지. 제대로 몇 놈 키워서 데뷔시키면 떼돈 버는 것은 시간문제야."

네이튼은 그가 건넨 명함을 정중히 고사하였다.

"마음만 받을게. 자네가 나를 생각하는 마음은 누구보다 내가 잘 알아. 내가 은퇴를 결정했을 때에도 자네가 가장 괴로워했다는 것도 잘 알고."

"…그걸 아는 사람이 지금까지 뒷골목에서 숨어 살았나?"

"이제 그 생활을 청산하려는 거야. 옛 동료의 힘을 빌리지 않고 홀로서기에 도전하는 거지."

마크는 고개를 푹 숙였다.

"후우, 네이튼, 진심으로 하는 소리야. 그냥 지도자의 길로 접어드는 것이 어때?"

"싫어. 자네에게 줄을 놓아달라는 말은 하지 않겠어. 대신 내가 먹고 자고 운동할 수 있는 체육관만 알선해 줘. 나중에 신세는 반드시 갚을게."

"네이튼……."

"부탁이야."

계속해서 한숨만 푹푹 내쉬던 마크가 결국 두 손을 들었다.

"그래, 자네의 고집을 누가 꺾겠어?"

"후후, 도와주는 거야?"

"숙식과 운동 여건은 내가 보장해 줄게. 장비와 보충제 등도 챙겨줄 것이고."

"고마워!"

"하지만 체육관의 지도자가 아니라 선수로 들어가는 것이라면 전담 트레이너와 스파링 파트너를 구하는 것은 쉽지 않을 거야. 자네의 경력은 화려하지만 선수로서의 생명은 끝이었거든."

"알아. 그 정도는 각오하고 있어. 주니어급 선수들과 함께 운동한다고 해도 난 상관없어."

마크는 네이튼에게 하이파이브를 건넸다.

짝!

"대신 죽기 살기로 해야 한다. 그렇지 않으면 살아남을 수 없을 거야."

"잘 알고 있어."

그는 이제 만들어진 핫도그를 받아 들었다.

"이거 먹고 나와 함께 체육관을 알아보자. 내가 가지고 있는 체육관 중에서 마음에 드는 곳으로 데려다 줄게."

"신세를 많이 지는군."

"그런 말 하지 마. 친구 좋다는 것이 다 뭐야?"

"후후, 그래. 나중에 좋은 친구 두었다고 쌍수를 들고 뛰어다닐 수 있도록 해줄게."

"말이라도 고맙군."

두 사람은 다시 걸어서 비버리힐즈로 되돌아갔다.

＊　　　　＊　　　　＊

LA에서 뉴저지까지 가는 버스가 서 있는 정류장 앞에 마크와 네이튼이 서 있다.

네이튼이 마크에게 손을 흔들었다.

"이제 그만 들어가 보게. 출근 늦겠어."

"…내가 데려다 준다니까 끝까지 고집을 부리는군."

"아니야. 자네에게 신세를 지는데 시간까지 빼앗을 수 있나?"

"참……."

네이튼은 마크가 가지고 있는 체육관에서 정반대에 있는 뉴저지의 체육관에서 운동하기를 원했다.

20대 초반에는 뉴욕에서 생활하던 네이튼이기 때문에 그곳에서의 생활이 편하고 익숙했다.

하지만 그 무엇보다 전처와 딸이 있는 LA에서는 제대로 운동에 집중할 수 없다고 판단하였다.

차마 발길이 떨어지지 않았지만 네이튼은 눈물을 머금고 발길을 돌리기로 한 것이다.

네이튼이 마크에게 마지막으로 물었다.

"이봐, 마크. 내가 좋은 아버지가 될 수 있을까?"

"좋은 아버지?"

"누가 그러더군. 나는 인간으로도 낙제이지만 아버지로는 거의 쓰레기라고."

"음, 누가 그런 소리를……."

"하지만 사실이잖아? 나는 좋은 아버지가 어떤 부류인지 잘 몰라. 하지만 최소한 나 같은 아버지는 좋은 아버지가 아니라고 생각해."

마크는 고개를 가로저었다.

"네이튼, 좋은 아버지와 나쁜 아버지는 겨우 한 끗 차이일 뿐이야. 자식을 생각하는 마음이 어떠냐, 그게 진짜 좋은 아버지를 결정하는 것 아닐까? 제아무리 돈을 산더미로 쌓아서 가져다 줘봐야 자식을 생각하는 마음이 없다면 말짱 허사인 것이지."

"음."

"자네가 자식을 위해서 스스로를 바꾸고 목숨을 걸었다는 것은 최소한 쓰레기 같은 아버지는 아니라는 증거 아니겠나?"

네이튼은 마크의 충고 한마디에 얼굴이 활짝 펴졌다.

"얘기가 그렇게 되나?"

"물론이지. 그 쓰레기라고 말한 사람은 과연 어떤 아버지였는지 모르겠으나, 자네의 진심을 잘 모르고 한 소리 같아."

"그랬으려나?"

마크는 네이튼에게 돈다발 한 뭉치를 건넸다.

"아무튼 이것을 가지고 체육관으로 가."

"돈은 필요 없어."

"받아. 아무리 체육관에서 자네에게 지원해 준다고 해도 돈은 필요할 거야."

네이튼은 그의 돈다발을 받을까 생각도 했지만 끝내 받지 않았다.

그는 돈다발에서 지폐 몇 장만을 꺼냈다.

"뉴저지까지 걸어갈 수는 없으니 이것만 받을게. 나머지는 다시 넣어둬. 나의 마지막 자존심을 지켜달라고."

"참, 자네의 고집은 여전히 못 말리겠군."

네이튼은 마크에게 손을 내밀었다.

"챔피언이 되어서 돌아올게."

"그래, 다시 한 번 미들급의 최강자가 되어서 돌아오라고."

"고마워."

네이튼은 고향 LA를 떠나 다시 한 번 기회의 땅으로 향했다.

*　　　　*　　　　*

이른 아침, 뉴저지 뉴어크의 종합격투기 체육관 슈트스타의 문이 열렸다.

팡, 팡, 팡!

아침부터 샌드백과 펀치미트를 두드리는 소리가 요란하게 들리는 가운데 주니어 선수들이 한창 줄넘기로 몸을 풀고 있다.

붕붕붕!

슈트스타의 메인코치인 커트 헤일로가 주니어 선수들을 닦달한다.

"더 빨리, 더 빨리 저으란 말이야!"

"허억, 허억!"

벌써 15분째 전력으로 줄넘기를 하고 있지만 훈련은 좀처럼 끝날 생각을 하지 않았다.

현역 선수들은 주니어 선수들이 운동하는 것을 바라보면서 여유롭게 몸을 풀고 슬슬 체력 단련을 준비했다.

"자자, 다들 움직이지!"

"서킷 한 바퀴 돌고 보충제 먹자고!"

주니어부터 현역 선수들까지 전부 체력 단련에 매진하고 있을 무렵, 직장인 운동부가 프로그램에 맞춰서 운동을 시작한다.

빠바바바밤!

꽤 격렬한 음악이 울려 퍼지면 구름사다리, 턱걸이, 외줄 타기 등으로 체력 단련을 하고 주짓수와 복싱 등의 격투기 단련이 이어지게 된다.

아침부터 꽤 바쁘게 돌아가는 슈트스타에 검은색 후드를 깊게 눌러쓴 사내가 들어섰다.

그는 아주 낡은 가방에 해진 트레이닝복을 걸치고 있었는데, 체육관의 서브매니저 라울이 입구에서 그를 맞았다.

"운동을 하러 오셨나요?"

"마크의 추천으로 왔습니다만."

"마크? 어떤 마크를 말씀하시는 겁니까?"

남자는 격투기계의 거물 마크 제레너의 명함을 건넸다.

라울은 마크 제레너의 명함을 받곤 메인코치인 커트 헤일로를 불러냈다.

"코치, 누가 찾아오셨는데요?!"

"누군데?"

"메이슨 그룹의 마크 제레너 이사의 지인이랍니다."

라울은 후임 코치들에게 주니어들의 훈련을 맡기고 프런트로 걸어왔다.

"마크 제레너의 지인이라고?"

"네, 그렇답니다."

명함을 받은 커트가 남자를 위아래로 훑어보았다.

"혹시 이곳에서 숙식하고 운동하기로 한 그분이십니까?"

"네, 맞습니다."

"그렇군요. LA에서 오신다고 해서 내일쯤 오실 줄 알았는데 일찍 오셨네요."

"숙식을 해결할 돈도 없고 운동도 빨리 하고 싶어서요."

"그래요. 자세는 참 좋으시네요."

커트는 사내의 기본적인 정보에 대해 물었다.

"정보를 들은 것이 없어서 그런데, 혹시 나이와 체급이 어떻게 되시지요?"

"올해로 서른넷, 체급은 미들급입니다."

"흠, 나이가 꽤 많으시네요?"

"격투기를 하는 사람치고는 많은 편이지요."

대략 180㎝ 초반의 키에 덩치가 좋은 사내이지만 나이가 많다는 것은 아주 큰 오점이었다.

더군다나 이 나이에 현역도 아니라니, 커트는 크게 신경 쓰지 않기로 했다.

"보충제는 현역 선수들과 같은 수준으로 지급하겠습니다. 장비도 체육관 스폰서가 지급하는 것으로 할 것이고요."

"고맙습니다."

"다만 운동은 제가 따로 봐드릴 수가 없어요. 훈련 시간은 아침 일곱 시에 시작이고 오후 세 시에 끝납니다. 나머지 시간에는 알아서 자유롭게 행동하시면 됩니다."

"잘 알겠습니다."

"뭐, 정규 훈련 프로그램에 참가하지 않으셔도 되니까 자유롭게 행동하셔도 되겠네요."

"…그렇군요."

"아무튼 잘 부탁합니다."

"네."

오늘로써 나이가 많은 예비 선수 한 명이 늘어났다.

\*　　　　\*　　　　\*

오후 두 시, 네이튼은 땀에 흠뻑 젖은 채 훈련에 몰두하고 있었다.

퍽, 퍽, 퍽!

오늘로 딱 넉 달째 운동하고 있는 네이튼이지만 좀처럼 다른 사람들의 눈에는 잘 띄지 않았다.

사람들이 신경을 쓰지 않고 있는 듯 없는 듯 지내지만 그에겐 이보다 더한 기쁨이 없었다.

비록 사람이 아닌 샌드백과 대결하고 관절 인형과 유술을 연습하지만 서서히 전성기의 체력을 되찾아가는 중이다.

점점 나아지는 자신의 모습을 발견할 때마다 네이튼은 형언할 수 없는 희열을 느끼고 있었다.

오늘도 역시 쉬지 않고 연습에 매진하고 있던 네이튼은 한차례 시끄러워진 메인 링을 바라보았다.

"아으으으윽!"

"이봐, 괜찮나?!"

"어, 어깨가 탈구된 것 같아요!"

메인 링에는 어깨가 탈구된 20대 청년과 그를 바라보며 조롱 섞인 미소를 짓는 청년이 서 있었다.

"제기랄, 스파링을 하라고 데려다 놓았더니 사람을 이렇게 패 놓으면 어쩌라는 거야?! 그리고 서브미션에서 탭을 했는데 왜 놓아주지 않았지?!"

"그거야 내 마음이지. 그러게 실력도 없는 놈을 다짜고짜 붙여놓으면 도대체 뭘 어쩌라는 거야?"

"…지금 이 시간에 당장 스파링 상대를 어떻게 구해?! 좀 적당히 하지."

"내가 뭘? 어이, 약골. 가서 엄마 젖이나 좀 더 먹고 와라. 그렇게 질질 짤 것이라면 아예 격투기를 접는 것도 괜찮고."

"히스!"

"큭큭, 재미있잖아?"

"그나저나 시합이 내일모레인데 스파링 상대를 어디서 구하나? 다른 선수들도 다 스케줄이 잡혀 있는데."

네이튼은 이 체육관의 에이스인 히스 브라운을 눈여겨보고 있었다.

히스 브라운은 현 미들급 랭킹 3위에 기록되고 있는데, 20대 초반의 나이로는 이례적일 정도로 뛰어난 테크니션을 보유하고 있었다.

하지만 워낙 위아래를 모르고 날뛰는 성정과 사람을 괄시하고 무시하는 성격 탓에 항상 구설수에 휘말리곤 했다.

그는 히스가 예전의 자신을 보는 것 같다는 생각이 들었다.

'대단한 놈이긴 하지. 하지만 기술만 믿고 까부는 경향이 있다. 저러다간 언젠가 한번 큰코다칠 날이 올 거야.'

격투기에는 엄연히 상성이라는 것이 존재한다.

아무리 유술이 뛰어난 선수라고 해도 스탠딩 상태에서 폭풍처럼 몰아치는 스트라이커를 만나면 답이 없다.

사람을 눕혀놓고 관절기를 시도한다면 모를까 상대가 노련하게 스탠딩에서 경기를 끝내려 한다면 돌파구가 없다.

네이튼은 관절기를 주로 사용하는 그래플러를 잘 잡는 선수로 유명했다. 더군다나 그래플링 기술 역시 어디에서 빠지지 않는 사람이었기 때문에 그래플링으로 간다고 해도 위기를 관리할 수 있는 능력이 뛰어났다.

만약 정통 그래플러인 히스 브라운과 만난다면 충분히 승산이 있을 것이다.

그는 가만히 손을 들었다.

"제가 하지요."

"……?"

"나이는 좀 있어도 링에서 주고받는 것은 할 수 있습니다."

"정말 괜찮겠어요?"

"물론입니다."

덥수룩한 수염에 헝클어진 머리카락, 지금 네이튼의 모습은 흡사 무인도에 조난당한 로빈슨 크루소를 보는 것 같았다.

브루클린 뒷골목의 노숙자처럼 생긴 그에게 기회를 줄 사람은 그리 많지 않았다.

"이봐요, 아저씨. 이 사람은 미들급 랭킹 3위입니다. 싸우다가

이가 나갈 수도 있다고요."

"압니다."

"그래도 하시겠어요?"

"괜찮습니다. 나중에 원망은 안 할 겁니다."

커트는 라울에게 스파링에 동반되는 위험을 감수하겠다는
서약서를 준비시켰다.

"이봐, 라울! 서약서와 인주 좀 가지고 와!"

"예!"

그는 네이튼에게 조금 상기된 얼굴로 물었다.

"진짜 괜찮죠? 나중에 딴소리하지 말아요?"

"정식 선수가 아니더라도 서약서를 쓰면 추후에 방어력이 생
긴다고 들었습니다. 그쪽도 손해를 볼 것은 없을 겁니다."

"후우, 그래요. 일단 해봅시다."

경기 전에 실전 감각을 최대한 끌어올려야 하는 선수들이기
때문에 스파링 상대는 무척이나 중요한 요소였다.

커트는 울며 겨자 먹기로 스파링을 허락하였다.

네이튼은 마우스피스와 로우블로우 보호대 등을 착용하고
상대방 선수를 바라보았다.

그러자 그가 혀를 날름거리면서 이죽거렸다.

"킥킥, 오늘 아주 요단강으로 보내주겠어. 아저씨, 조심하라
고."

"……."

커트는 옥타곤에 두 사람을 들여보내면서 주의 사항에 대해 설명하였다.

"룰은 아시죠? 경기는 4분 3 라운드로 진행되고 무기를 쓰거나 기타 룰에 위반되는 행위는 금지입니다."

"예, 알겠습니다."

임시 심판으로 올라온 라울이 두 사람을 옥타곤 끝으로 보냈다.

"세컨드 아웃!"

이제 주사위는 던져졌다.

"레디?!"

심판은 양쪽 선수에게 경기 준비에 대해 묻곤 곧장 공을 울렸다.

"파이트!"

팅!

이제 4분 동안 옥타곤 안에선 무슨 일이 벌어져도 책임질 사람이 없다.

네이튼은 공이 울리자마자 가볍게 스텝을 밟으면서 상대방에게 다가갔다.

몸을 오른쪽, 왼쪽으로 살며시 흔들면서 공격 방향을 정하여 은근히 압박을 가했다.

그러나 상대방을 등한시하는 히스는 그런 것은 아예 신경도 쓰지 않았다.

슈욱!

곧바로 상대방을 넘어뜨리는 태클을 시도한 히스는 어깨로 네이튼의 허벅지를 단단히 잡았다.

아주 정직하고 뻔한 공격이지만 그 테크닉이 평균 이상이었다.

'기본기가 탄탄하군. 그래, 큰소리칠 자격은 있어.'

그렇지만 네이튼은 이런 공격을 수백 번도 더 겪은 백전노장이다.

그는 두 다리를 뒤로 살짝 빼면서 양쪽 팔로 히스의 가슴을 끌어안았다.

턱!

이윽고 그는 히스의 중심을 좌우로 흔들면서 힘을 뺀 후에 뒷다리를 걸어서 중심을 무너뜨렸다.

쿠웅!

순간, 히스의 몸이 옆으로 기울어지면서 네이튼이 그 위로 가볍게 올라탔다.

네이튼은 턱을 아래로 바짝 당기면서 물 흐르듯이 히스의 몸을 타고 순식간에 측면으로 이동하였다.

"허, 허억!"

그래플러의 정면을 공략하는 것은 위험도도 높지만 체력 소모가 심하기 때문에 차라리 측면에서의 타격을 노리는 편이 유리하다 판단한 것이다.

그의 판단은 정확했다.

"헙!"

네이튼의 측면 돌파에 약간 당황한 히스가 포지션을 바꾸기 위해 스윕을 시도하였으나 그것은 사자의 아가리에 머리를 집어넣는 격이었다.

그는 히스가 몸을 돌리는 타이밍을 잡아 팔꿈치를 휘둘렀다.

빠악!

정확하게 안면에 적중한 엘보스핀에 히스는 코피를 터뜨렸다.

"쿨럭!"

네이튼은 잠시 눈을 감은 히스의 머리를 옆구리로 누르면서 계속해서 주먹을 날렸다.

퍽, 퍽, 퍽, 퍽!

빠르지도 그렇다고 느리지도 않게 주먹을 날린 그는 히스가 자신의 팔을 잡고 기술을 걸려는 타이밍을 잡아 순식간에 일어섰다.

파밧!

언뜻 보면 그래플링에서 벗어나려는 것처럼 보였지만 사실은 탄력을 주어 플라이 파운딩을 치려는 것이었다.

　슈융!

　한껏 몸에 반동을 주어 장력을 만들어낸 네이튼은 그대로 히스의 안면을 강타하였다.

　콰앙!

　"으헉!"

　네이튼은 그 이후로도 양손을 사용하여 같은 방법으로 파운딩을 쳤다.

　쾅, 쾅, 쾅, 쾅!

　거의 속수무책으로 얻어맞은 히스는 점점 정신을 잃어가기 시작했다.

　"흐어어어……."

　"그, 그만!"

　땡땡땡!

　경기 시작 20초 만에 벌어진 광경에 코칭 스텝은 아연실색하여 아무 말도 꺼내지 못했다.

　"…뭐, 뭐지?"

　"이런 제기랄! 히스! 어서 히스를 병원으로 옮겨! 빨리!"

　메인 링 위에선 난리가 났지만 정작 네이튼은 아주 천연덕스럽게 옥타곤을 나섰다.

　"수고 많았습니다."

"이, 이봐요!"

커트가 옥타곤을 나선 네이튼을 붙잡았다.

"이봐요, 당신 정체가 뭐야?!"

"그게 무슨 말입니까? 룰에 맞게 싸웠고 경기가 잘 풀렸을 뿐입니다. 혹시 제가 잘못한 것이라도?"

"아니요, 그런 뜻이 아닙니다! 저 청년, UFA 챔피언 타이틀 도전자였습니다! 그런 사람을 피떡으로 실신시켜요?! 당신, 정체가 뭐예요?!"

"말씀드렸잖습니까? 그냥 떠돌이 파이터라고."

"…그냥 떠돌이 파이터가 미들급 세계 랭킹 3위를 저 지경으로 만들어요? 그게 지금 말이 된다고 생각하십니까?"

"어디에나 이변은 있어요. 이번에도 그냥 그렇다고 생각해 두세요."

커트는 그의 얼굴을 다시 한 번 자세히 들여다보았다.

"…당신, 이름이 어떻게 된다고 했죠?"

"네이튼이요."

"네이튼…… 성은요?"

"버스필드입니다."

순간, 커트의 눈이 휘둥그레졌다.

"호, 혹시 UFA 선수이던 네이튼 버스필드?!"

"한때는 그랬지요."

"허어! 말도 안 돼! 당신은 은퇴를 선언했잖아요!"

"다시 복귀하기 위해 돌아왔습니다. 그 어떤 사람이라도 복귀할 수 있는 자격은 있는 거잖아요."

그제야 커트는 수염 속에 가려진 네이튼을 제대로 알아보았다.

"…말도 안 됩니다. 당신과 같은 관록의 선수가 초야에 묻혀서 살고 있었다니. 왜 말을 하지 않았습니까?"

"그럴 필요가 없었습니다. 그저 운동에 목이 말라 있는 사람일 뿐 그 이상도 이하도 아닙니다."

네이튼이 연습장으로 다시 되돌아가자, 옥타곤은 그저 시끄러운 응급처치의 현장으로 변해 있었다.

하지만 이 광경을 고스란히 핸드폰으로 찍는 이가 있었으니, 그는 아주 환한 얼굴로 촬영을 이어나갔다.

"대, 대박이다! 세상에!"

잠시 후, 핸드폰으로 모든 장면을 촬영한 그는 편집되지 않은 영상 그대로 인터넷에 업로드하였다.

*　　　*　　　*

그날 밤, 커트가 네이튼을 찾아왔다.

체육관 쪽방에서 숙식을 해결하는 네이튼이기에 그를 만나는 것은 그리 어려운 일이 아니었다.

오늘 입은 옷을 세탁기에 넣고 돌리고 있는 네이튼에게 커트가 물었다.

"복귀를 원한다고 했던가요?"

"그랬지요."

"그래서 히스를 피떡으로 만든 건가요?"

"그렇지는 않아요. 그냥 저대로 내버려 두면 나처럼 될 것 같아서 약간의 가르침을 준 것 뿐입니다."

"가르침이라……."

"미친개에겐 매가 약이라는 소리가 있죠. 나도 얼마 전에 약을 먹어보니 확실히 효과가 있더군요. 그래서 그에게도 약을 준 겁니다."

커트는 어색한 미소를 지으며 말했다.

"뭐, 무슨 소리인지는 몰라도 그에게 좋은 영향을 줄 것이라고 생각했다는 것이죠?"

"원론적으로는 그렇습니다."

말을 빙빙 돌리는 커트에게 네이튼이 물었다.

"하고 싶은 말이 있는 것 같은데, 아닙니까?"

"험험, 그래요. 하고 싶은 말이 있죠."

커트는 네이튼에게 계약서를 한 장 건넸다.

"오늘 제가 UFA에 전화를 해보니 히스를 대신해도 손색이 없겠다고 하더군요."

"그 사람들이 직접 그래요?"

"네, 제가 확인했습니다."

네이튼은 고개를 갸웃거렸다.

"그놈들이 미쳤다고 비싼 돈 들여가면서 나를 영입하겠어요? 무슨 조건이 있는 겁니까?"

"당신은 잘 모르시겠지만 이미 당신은 인터넷에서 스타가 되었어요."

"스타?"

"우리 체육관에서 당신이 히스를 실신시킨 것을 누가 촬영해서 인터넷에 유포했습니다. 그 영상은 엄청난 조회 수를 기록했고요."

"그런 일이 있었군요."

"아무튼 그 때문에 당신은 일약 스타덤에 올랐습니다. 약을 끊고 까불이 파이터에게 참교육을 실시했다고요."

"참교육까진 아닌데……."

"일이야 어찌 되었든 간에 당신은 다시 UFA에 나갈 수 있게 되었다는 소리입니다."

"저, 정말입니까?!"

"다만 명심해야 할 것이 하나 있습니다. 이번 경기는 타이틀 방어전입니다. 당신이 땜빵으로 나간 것이라 지면 다신 기회가 없어요. 그대로 매장입니다."

인터넷으로 실력이 증명되었기 때문에 기회가 왔지만 챔피언과의 싸움에서 지면 더 이상의 기회는 주어지지 않을 것이다.

하지만 네이튼은 더 이상의 기회는 바라고 있지도 않았다.

"열심히 해보겠습니다. 어차피 이것이 내 인생의 마지막 도전이거든요."

"그래요. 열심히 해봅시다."

그는 UFA 미들급 챔피언 도전자의 자격으로 이벤트 매치의 계약서에 서명하였다.


*　　　　*　　　　*


미들급 세계 랭킹 3위를 초전박살 내버린 네이튼이 일약 스타덤에 오른 후 그에 대한 세간의 관심이 집중되기 시작했다.

언론은 약쟁이 파이터, 주정뱅이 파이터 등, 그의 어두운 과거를 싸잡아 욕하면서도 노익장은 죽지 않았다고 평가하였다.

그러나 언제 다시 고삐 풀린 망아지처럼 행동할지 모른다는 불안감 때문에 전문가들 사이에선 우려의 목소리가 점점 커져가는 상황이었다.

그럼에도 불구하고 네이튼은 도망갈 수가 없었다. 도망을 치기엔 그의 상황이 벼랑 끝에 내몰려 있었기 때문이다.

인터넷 스타덤에 오른 지 한 달 후, 네이튼은 완벽한 재활을 끝내고 옥타곤에 오르게 되었다.

늦은 오후, 네이튼의 고향 LA에서 UFA 미들급 챔피언 타이틀 전이 열렸다.

"와아아아아아!"

엄청난 함성과 뜨거운 조명, 거기에 네이튼을 향해 플래시를 터뜨리는 기자들의 관심이 네이튼을 흔들어댔다.

하지만 그는 관중들이 보내는 함성이 자신의 심장에 불을 지 피는 것을 느꼈다.

그는 뜨겁고 축축한 옥타곤의 열기에 자신도 모르게 눈을 감았다.

"후우!"

대기실에서 나와 옥타곤으로 걸어가는 동안에도 그는 지그 시 눈을 감고 하늘에 감사를 올렸다.

자신이 태어나 지금까지 살아오면서 느낀 감정 중에서 지금 이 그 어떤 때와 비교할 수 없을 정도로 감동적이었던 것이다.

잠시 후, 네이튼은 UFA의 주 무대인 옥타곤 안으로 들어섰 다.

그는 약간 딱딱하고도 차가운 바닥의 느낌에 살며시 몸을 떨 었다.

"으음."

마치 자신의 고향을 찾아온 연어처럼 깊은 감성에 젖어든 네이튼에게 오늘 경기의 주심 안토니오가 다가왔다.

안토니오는 네이튼의 복귀를 축하해 주었다.

"오랜만이군. 탕자가 집으로 돌아온 느낌이라고나 할까? 나도 감회가 새롭군. 자네는 어떤가?"

"저 역시 그렇습니다. 아주 오래 떠나 있던 고향으로 이제 막 돌아온 느낌이군요."

"컨디션은?"

"좋습니다."

"그래, 잘해보게."

이윽고 미들급 현 챔피언인 닉 테이슨이 대기실에서 걸어 나오기 시작했다.

"우와아아아아아아아!"

"테이슨! 테이슨! 테이슨!"

링 위의 냉혹한 살인마라는 별명이 있는 닉 테이슨은 네이튼이 떠나고 난 지 2년 만에 옥타곤을 점령하여 지금까지 장기 집권하고 있는 미들급의 최강자였다.

도박사들은 물론이고 전문가들 역시 닉 테이슨의 절대적인 우위를 점치는 중이다.

심판은 닉 테이슨과 네이튼을 링 가운데로 불러냈다.

"센터로!"

이제 드디어 정식으로 얼굴을 맞대고 선 닉 테이슨과 네이튼은 첫 번째 신경전을 시작하였다.

계체량에서도 얼굴을 보지 못한 두 사람이기 때문에 이번 맞대면이 서로를 보는 첫 만남이다.

그럼에도 불구하고 닉은 네이튼을 위아래로 훑어보며 잔잔한 미소를 지었다.

"홋."

그의 작은 도발이 눈에 거슬리긴 했지만 네이튼은 흔들림이 없었다.

지금까지 힘든 나날을 보내오면서 지금보다 더 굴욕적인 순간이 많았던 것을 생각하면 이 정도는 아무것도 아니었다.

예전의 네이튼이었다면 얼굴에 침이라고 뱉었겠지만 그는 닉의 눈동자를 똑바로 응시하며 우두커니 섰다.

게임의 룰을 설명하고 당부의 말을 전한 주심이 두 사람을 세컨으로 보낸다.

"세컨 아웃!"

이제 주심은 두 사람에게 싸울 준비가 되었는지 물었다.

"레디?!"

닉은 여전히 미소를 머금은 채 고개를 끄덕였다.

"레디?!"

네이튼은 다소 상기된 표정으로 긍정을 표했다.

두 사람이 경기를 시작할 준비가 되었음을 표하자 곧바로 공이 울렸다.

팅!

"파이트!"

네이튼과 닉이 링의 중앙으로 걸어 나와 글러브 터치로 경기의 시작을 알렸다.

툭.

마치 하이파이브처럼 글러브를 맞부딪친 두 사람은 서서히 옥타곤을 돌면서 서로에 대해서 탐색전을 펼치기 시작했다.

비교적 짧은 시간 준비했지만 네이튼은 닉보다 더 많은 것을 가지고 있다고 볼 수 있었다.

네이튼은 아주 오래전에 치른 경기 영상밖에 남아 있지 않았지만 닉은 최근까지 방어전을 치른 챔피언이다.

그에 대한 영상과 자료가 방대했기 때문에 네이튼은 닉이 어떤 방식으로 공격해 올지 대충 감을 잡고 있었다.

닉의 주특기는 빠른 훅과 강력한 헤드킥이다.

"후욱!"

한차례 공기를 머금은 닉이 앞으로 손을 뻗어 전진하며 네이튼을 압박하였다.

슉!

네이튼은 곧바로 닉의 훅이 날아들 것이라고 확신하였다.

그는 가드를 바짝 당기고 닉의 눈동자를 똑바로 쳐다보았다.

그런데 네이튼이 상상하지도 못한 훅이 날아왔다.

파앗!

사각지대로 날아오는 훅은 분명 알면서도 막기가 힘들었다.

'뭐, 뭐지?!'

분명 눈으로 보면서도 막을 수 없다는 것에 당황스럽기 그지 없었다.

결국 네이튼은 관자놀이 부근을 훅으로 얻어맞고 말았다.

퍼억!

"으허억!"

네이튼이 훅에 맞아 비틀거리자, 닉이 두 번째 주먹을 스트레이트로 뻗으며 헤드킥 콤비네이션을 때려 넣었다.

쉭, 파밧!

스트레이트 펀치는 그런대로 막아낸다고 쳐도 훅과 마찬가지로 사각지대로 날아오는 헤드킥은 좀처럼 막기가 힘들었다.

이제 네이튼은 판단을 내려야 했다.

여기서 가드를 올려 공격을 막을지, 아니면 거리를 조금 더 좁혀서 인파이팅을 펼칠지 결정을 해야 했다.

네이튼의 스타일은 인파이팅이지만 그렇게 바짝 붙으면 분명 훅이 날아들 것이다. 그렇지만 가드를 올려서 막아낸다고 해도 다음 공격을 뻗기는 힘들 터였다.

'본능에 맡긴다!'

그는 자신의 몸에서 나오는 공격에 모든 것을 맡기기로 했다.

슉!

네이튼이 선택한 것은 인파이팅도 아니었고 가드도 아니었다. 그가 선택한 공격은 싱글레그 숄더태클이었다.

"으랏차차!"

어깨로 한쪽 다리를 잡고 넘어뜨리는 태클을 구사하여 그의 디딤 발을 얽맨다는 것이 네이튼의 작전이다.

잘못하면 킥에 안면을 맞고 쓰러질 수도 있었지만 지금 당장 위기를 모면할 방법은 이것뿐이었다.

터억!

그의 선택은 옳았다.

몸을 최대한 낮게 깔아서 들어간 태클이 닉의 중심을 무너뜨렸다.

쿠웅!

"헛!"

결국 위기를 기회로 바꾼 네이튼은 닉의 몸을 타고 천천히 올라와 측면을 잡았다.

이것은 네이튼이 가장 많이 사용하는 포지션인데, 여기서 경기를 끝내거나 곧바로 파운딩을 치는 포지션으로 변경하기도 했다.

하지만 그는 자신이 이제까지 사용해 온 포지션을 과감히 버리고 전술적인 운용으로 넘어갔다.

네이튼은 닉의 가슴을 오른손으로 눌러주면서 엉덩이에 눌려 있는 두 발을 천천히 뽑아냈다.

그러곤 닉의 목덜미에 자신의 발을 걸었다.

턱!

지금까지 네이튼이 잘 시도하지 않던 상체 조르기인 트라이앵글 쵸크가 시도된 것이다.

네이튼은 주먹으로 닉의 머리를 마구 치면서 경동맥을 압박하기 위한 포지션을 찾아나갔다.

하지만 역시 닉은 그리 호락호락한 상대가 아니었다.

휘릭!

그는 경이로운 탄력으로 몸을 한 바퀴 튕겨내며 네이튼의 몸을 밀어냈다.

퍼억!

"으흑!"

결국 팔꿈치로 옆구리를 얻어맞기는 했어도 네이튼은 꿋꿋하게 포지션을 지켜냈다.

끝까지 삼각형 조르기를 풀지 않고 조이기를 시도하여 게임을 승리로 이끌어내려는 것이다.

하지만 닉의 힘은 네이튼의 두 몸을 들어내기에 충분했다.

두 다리가 자유로워진 닉은 네이튼을 목에 건 채로 일어나 그의 몸을 번쩍 들어 올렸다.

"으아아아아아악!"

요상한 괴성을 지르며 일어선 닉을 바라보며 네이튼은 아연 실색하였다.

"…제기랄!"

"떨어져라!"

쿠웅!

닉은 네이튼을 패대기치듯 땅에다 내려쳐 버렸다.

그러자 네이튼의 상체에 엄청난 충격이 전해졌다.

"커헉!"

등은 크고 단단한 근육이 자리 잡은 부위이지만 바닥에 떨어질 때 충격을 많이 받으면 몸의 힘이 쭉 풀려 버린다.

경추를 비롯한 인체의 신경 기관 대부분이 이곳을 지나기 때문에 내상을 입으면 그 충격이 몸 전체로 퍼져 나가기 때문이다.

네이튼은 목덜미부터 허벅지까지 전부 힘이 쭉 빠져나갔지만 끝까지 버텼다.

"허억, 허억!"

"…매미 같은 놈이군!"

닉이 다시 한 번 그를 들어 올려 내려칠 준비를 했다.

"끝이다!"

하지만 네이튼은 이렇게 허무하게 패배할 생각이 전혀 없었다.

쐐에에에엥!

마치 자이로드롭의 꼭대기에 올라간 것처럼 수직 상승하던 네이튼이 순간적으로 다리를 푼 후 팔로 닉의 목덜미를 휘감았다.

휘릭!

닉은 상상조차 못 했다는 듯 눈을 동그랗게 떴다.

"어, 어어?!"

"이 세상의 괴물이 혼자라고 생각하면 오산이다!"

네이튼은 곧바로 닉의 머리를 끌어 내려 무릎으로 얼굴을 찍어버렸다.

빠악!

자연적으로 중심이 앞으로 쏠린 닉은 네이튼의 무릎이 가한 충격을 곧절로 받고 말았다.

"쿨럭쿨럭!"

닉이 한차례 비틀거리며 중심을 잡긴 했으나 네이튼은 정통 스트라이커이다.

그는 닉의 얼굴에 연속으로 스트레이트 콤비네이션 펀치를 꽂아 넣었다.

퍽퍽퍽퍽퍽!

정통으로 다섯 대의 펀치를 맞은 닉이 좌우로 흔들거리자, 네이튼은 크게 포물선을 그리며 왼발 하이킥을 날렸다.

빠악!

그러자 닉이 와르르 무너져 내리며 혼절하고 말았다.

"흐어어억!"

네이튼은 심판이 경기 종료를 외치기 전까지 파이터의 의무를 다하기 위해 득달같이 달려들었다.

주심은 그런 네이튼을 만류하며 경기를 종료시켰다.

"그만, 그만!"

땡땡땡!

순간, 장내가 찬물을 끼얹은 듯 조용해졌다.

"……"

네이튼은 다른 선수들처럼 우승을 자축하는 것이 아니라 관중들에게 정중히 고개를 숙였다.

이것은 그가 그동안 잘못된 길을 걸어온 것에 대한 반성과 사과의 의미였다.

그는 큰 소리로 외쳤다.

"잘못했습니다! 저의 비행을 너그럽게 용서해 주십시오!"

때아닌 사과 행동에 당황하긴 했지만 관중들은 이내 뜨거운 함성을 쏟아냈다.

"와아아아아아아아!"

"네이튼! 네이튼!"

그제야 네이튼은 환한 미소를 지었고, 바닥에 쓰러져 누워 있는 닉에게로 달려갔다.

"괜찮나?"

"…그럭저럭."

"수고 많았다."

"호적수를 만났군. 다시 도전하겠다."

네이튼은 닉을 일으켜 닥터들의 어깨에 안착시켜 주었다.

그러곤 챔피언벨트를 들고 서 있는 주심에게로 다가갔다.

장내 아나운서가 그에게 챔피언이 되었음을 알렸다.

"새로운 챔피언이 탄생했습니다! LA의 아들, 위대한 파이터 네이튼 버스필드!"

"와아아아아아아!"

"축하합니다. 챔피언이 되셨군요."

"감사합니다."

아나운서가 그에게 다가와 소감을 물었다.

"기분이 어때요? 그동안 참 많은 일을 겪고 또 이겨냈을 텐데, 그 소감이 궁금하지 않을 수 없군요."

네이튼은 어느새 촉촉해진 눈으로 입을 열었다.

"속죄하고 또 속죄하는 마음으로 지냈습니다. 물론 재활 운동을 시작하기 전에는 개차반처럼 살았죠. 그러나 운동을 시작하고 나서부터는 좋은 아버지가 되어야겠다고 다짐했습니다. 그 일념이 없었다면 지금의 제가 없겠지요."

"그래요. 진짜 좋은 아버지인 것 같군요. 이런 아버지가 또 어디 있겠어요?"

"아닙니다. 과찬이십니다."

아나운서는 미소를 지은 채 물었다.

"많이 겸손해졌네요. 앞으로의 각오를 말씀해 주세요."

네이튼은 아주 공손한 어투로 말했다.

"관중들께서 저에게 성원을 보내주시는 만큼 열심히 노력하고 제대로 살겠습니다. 많은 성원 감사드립니다. 끝으로 못되게 군 나를 참고 보아준 전처와 제 딸에게 이 영광을 돌리겠습니다."

짝짝짝짝!

박수갈채가 쏟아져 나올 때쯤, 네이튼이 깜빡했다는 듯이 말을 보탰다.

"아 참, 그리고 저에게 주먹으로 깨달음을 준 솔로몬과 물심양면으로 도움을 준 친구 마크에게도 감사를 드립니다. 감사합니다!"

좌절의 깊은 수렁에 빠져 있던 네이튼은 이제야 드디어 제대로 된 사람으로 거듭나게 되었다.

　　　　　*　　　　*　　　　*

　이른 아침, LA주립대학교 병원으로 얼굴 곳곳에 멍이 든 네이튼이 찾아왔다.

　이제는 걸어 다니는 사람마다 그를 알아 정신이 없었지만, 그는 오로지 한 가지 목적을 가지고 꿋꿋이 소아병동을 찾았다.

　그는 조심스럽게 아이린의 병실 문을 열었다.

　끼익.

　이제 조혈세포 이식을 기다리고 있는 아이린이 네이튼을 바라보며 미소를 지었다.

　"아빠!"

　"…잘 지냈냐?"

　"TV 봤어! 멋있게 잘 싸우던데?"

　"고마워."

　"그동안 싸우러 가느라 못 온 거야?"

　"응, 챔피언이 되려고 하루 종일 훈련만 했거든."

　"아무튼 이겨서 좋아. 그런데 다시는 얻어맞지 마. 아빠가 아픈 것은 싫거든."

　"노력해 볼게. 그런데 쉽지는 않을 거야. TV에 나오는 아저씨들이 꽤 강하니까."

잠시 후, 밖에서 기다리고 있던 크리스틴이 병실 안으로 들어왔다.

그녀는 약속대로 챔피언이 되어 돌아온 그를 반겼다.

"어서 와."

"나를 보고 욕하지 않는군."

"사람이 되겠다는 약속을 지켰으니까."

"고맙군."

네이튼은 이제 그만 자리에서 일어나려 했다.

"그만 가볼게. 얼굴을 봤으니 되었어."

"아빠, 가려고?"

"이제 아빠는 이곳에 있을 자격이 없어. 그러니……."

크리스틴이 고개를 저었다.

"아니야."

"……?"

"이혼 수속을 밟지 않았어. 훈련을 받는 동안 서류가 도착하지 않았잖아?"

"아아, 그러고 보니……."

"이혼 얘기를 꺼낸 것은 네가 너무 개차반처럼 살아서 그랬던 거야. 아이에게 아버지가 없는 것은 너무 슬프잖아?"

네이튼은 실소를 흘렸다.

"후후, 그건 그렇지."

"앞으론 착실하게 살 거지?"

"물론이지. 이젠 이곳에서 마크와 함께 훈련하면서 지낼 거야."

"그래, 그럼 됐어. 이제부터는 착실한 가장이 되어서 살아. 그럼 우리 가족이 다시 흩어질 일은 없을 거야."

"그럼 아빠가 안 가도 되는 거네?"

"그런 셈이지."

"휴우, 다행이다!"

네이튼은 드디어 자신이 살아 있음을 느꼈다.

『도시 마도사』 5권에 계속…

# 초대형 24시 만화방

신간 100%, 샤워실, 흡연실, 수면실(침대석), 커플석, 세탁기 완비

## ■ 시흥 정왕25시점 ■

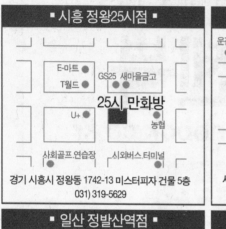

경기 시흥시 정왕동 1742-13 미스터피자 건물 5층
031) 319-5629

## ■ 강북 노원역점 ■

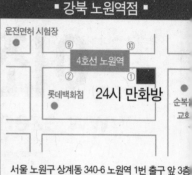

서울 노원구 상계동 340-6 노원역 1번 출구 앞 3층
02) 951-8324 (화용빌딩 3층)

## ■ 일산 정발산역점 ■

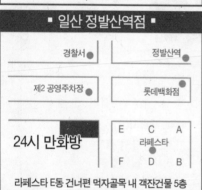

라페스타 E동 건너편 먹자골목 내 객잔건물 5층
031) 914-1957

## ■ 일산 화정역점 ■

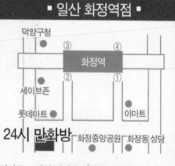

경기도 고양시 덕양구 화정동 984번지 서일빌딩 7층
031) 979-4874 (서일사우나 건물 7층)

## ■ 부천 역곡역점 ■

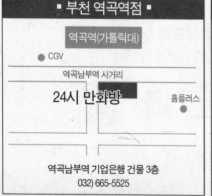

역곡남부역 기업은행 건물 3층
032) 665-5525

## ■ 부평역점 ■

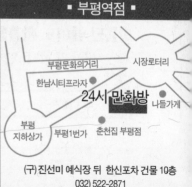

(구)진선미 예식장 뒤 한신포차 건물 10층
032) 522-2871

현윤 장편소설

FUSION FANTASTIC STORY

# 현대 무림 지존

무참히 살해당한 부모님의 복수를 위해
모든 걸 걸었다!

## 『현대 무림 지존』

"너희들의 머리 위에 서 있는 건 나다."

잔혹한 진실을 딛고 진정한 무인으로 거듭나는
태하의 행보를 주목하라!

Book Publishing CHUNGEORAM

유행이 아닌 자유추구
WWW.chungeoram.com

FUSION FANTASTIC STORY

텀블러 장편소설

# 현대 천마록

천하를 호령하고, 전 무림을 통합한
일월신교의 교주 천하랑.
사람들은 그를 천마, 혹은 혈마대제라고 불렀다.

## 『현대 천마록』

무공의 끝은 불로불사가 되는 것이라 생각했지만
그로서도 자연의 섭리 앞에선 어쩔 수 없었다!

'그렇게 많은 피를 흘렸음에도 불구하고
죽을 때가 되니 남는 것이 없군 그래.'

거듭된 고련 끝에 천하랑의 영혼이
존재하지 않게 된 그 순간
그의 영혼은 현세에서 천마로서 눈을 뜬다!

Book Publishing CHUNGEORAM

유행이 아닌 자유추구~
WWW.chungeoram.com

FUSION FANTASTIC STORY

자미소 장편소설

# GRAND SLAM
# 그랜드슬램

2016년의 대미를 장식할 최고의 스포츠 소설!!

Career record : 984W 26L
Career titles : 95
Highest ranking : No.1(387weeks)
Grand Slam Singles results : 23W
Paralympic medal record : Singles Gold(2012, 2016)

약 십 년여를 세계 최고로 군림한 천재 테니스 선수.
경기 내내 그의 몸을 지탱하고 있는 것은…… 휠체어였다.

『그랜드슬램』

휠체어 테니스계의 신, 이영석(32).
그는 정상의 자리에서도 끝없는 갈망에 사로잡혀 있었다.

"걷고 싶다, 뛰고 싶다. …날고 싶다!!"

뛸 수 없던 천재 테니스 선수
그에게, 날개가 달렸다!!!

Book Publishing CHUNGEORAM

유행이 아닌 자유추구 –
WWW.chungeoram.com

# GAME BALL

## 게임볼 설경구 장편 소설
### FUSION FANTASTIC STORY

무명의 야구인이었던 남자,
우진이 펼치는 야구 감독으로서의 화려한 일대기!

## 『게임볼』

"이 멤버로 우승을 시키라고?"

가상 야구 게임,
게임볼을 통해 인생 역전을 꿈꾸는

### 한 남자의 뜨거운 행보에 주목하라!

Book Publishing CHUNGEORAM

유행이 아닌 자유추구 -
WWW.chungeoram.com

FUSION FANTASTIC STORY

*Miracle Direction*

서산화 장편소설

기적의 연출

천재 영화감독, 스크린 속 세상을 창조하다!

『기적의 연출』

대문호 신명일과 미모로 손꼽히던 여배우 김희수의 아들 신지호.

일가족은 불운한 사고로 인해 크나큰 비극을 겪는다.

이 사고로 섬광 기억(Flashbulb memory)이라는 능력을 얻게 된 그 순간!
그의 모든 게 달라졌다.

"배우의 혼을 이끌어내고, 관중의 영혼을 붙잡아야 합니다.
그게 제 목표입니다."

완전한 감독을 꿈꾸는 신지호,
이제 그의 영화가, 세상을 홀린다!

PROD
SCENE
TAKE

Book Publishing CHUNGEORAM

유행이 아닌 자유추구 -
WWW.chungeoram.com